厳しい女上司が高校生に戻ったら俺にデレデレする理由

Why is my strict boss melted by me ?

「下野くん、あなた事務の若い女の子たちに変な色目使ったりしてないでしょうね？」

「つ、使ってないですよ。なにを急に言うんですか、課長」

「この間ね、コンプライアンス研修があったのよ。いい？　今の時代はいろいろなハラスメントがあるのよ。一人一人が気を付けないといけないの。わかる？」

「せっかく二人で飲んでるときに仕事の説教するのはパワハラに入らないんですか？」

「ああ？　なんか言った？」

「いえ！　なんでもありません！　……三軒目にもなるとだいぶ酔ってきてるなこの人」

「先輩という立場を利用して、女子に近づこうなんて考えしたら、すぐにセクハラで訴えられるんだからね！　上條カチョー捜査官がセクハラで逮捕しゅるんだからね！」

「課長、呂律が回ってないですよ」

「うるしゃい！　わかってるのか、しもの！　ぜーったいだぞ！」

「わ、わかってますよ。そんなことしません」

「若い女の子と喋るの禁止だぞ！」

「そこまで⁉　上條条例厳しすぎ！」

「ま、まあでも、自分より下の子にするからハラスメントになるんであって、自分より上の立場の人にするなら、い、いいんじゃない？」

「は、はあ。えっと、すみません、課長。よく言っていることがわからないんですが」

「だ、だから！　部下が上司にする分には、じょ、上司が気にしない限り別にいいかなーって。つまり……女の子に色目使いたくなったら、私にしとけばいいって話！」

「おー、上司自ら犠牲になるってことですね！　さすが部下思いの課長！　でも安心してください。俺は課長に対してもぜーったいセクハラなんてしませんから！」

「……」

「……課長？」

「あっそ！」

「え、え～。なんで怒ってるんですか課長～」

「じゃ、友達になった記念で
一緒に帰ろっか」

「嘘だ嘘だ嘘だー！
あああああーーー
タイムリープしたの
私だけじゃないの!?
下野くんに見られてたああ！しぬ！
もう、しぬしかないいいいい!!」

Character
下野七哉
Nanaya Shimono
「こんなデレデレな女子が課長なわけない！」
上條透花
Toka Kamijo
「課長って言うな！
と、透花って呼べばいいじゃない」

田所鬼吉
Onikichi Tadokoro
「ヘイヘーイ七っち、なにやってんのー。うぇい!」
中津川奈央
Nao Nakatsugawa
「どうしたの?おっぱい揉んどく?」
下野小冬
Kofuyu Shimono
「……他の女の匂いがする」

Contents

WHY IS MY STRICT BOSS MELTED BY ME ?

厳しい女上司が高校生に戻ったら俺にデレデレする理由～両片思いのやり直し高校生生活～

徳山銀次郎

カバー・口絵　本文イラスト
よむ

プロローグ

Why is my strict boss melted by me?

「下野《しもの》くん、ちょっと来なさい」

ウトウトしながらエンターキーを押したところで、課長からお呼びがかかった。

しまった、と思いながら俺《おれ》はデスクを立つ。

寝落ち寸前だったことがバレたか。昨日遅くまで深夜アニメを見ていたせいか、現在すさまじい眠気が襲ってきている。しかし、いたしかたないのだ。昨晩は『年上先輩は僕が好き』の最終回だったのである。録画視聴なんて許されない。リアタイ一択。ゆえに寝不足。

そんなこんなで迎えた昼食後。オフィスに広がる五月のポカポカとした陽気が、寝不足のまぶたをさらに重くしていたのだが……課長の一声により、俺の目は一気に覚めたのであった。

課長の鷹《たか》のような鋭い目線が突き刺さる。

切れ長の割に大きな目だ。小さな鼻が幼いかわいらしさを演出しているも、あれはどちらかというと、かわいいより美人の部類。いや、超絶美人。黒髪ロングがあそこまで似合う女性を、俺は二十七年間生きてきて、あの人以外知らない。

「なにしてるの、早く来なさい」

モタモタしている間に追撃の声が飛んできたので、デスクの島をグルリと回り俺は急ぎ足で彼女のもとへと向かった。

「す、すみません課長。なんでしょうか？」

彼女の名前は上條透花《かみじょうとうか》。二十八歳にして三十人規模の課をまとめるスーパーエリートウーマンだ。

課には彼女より年上で社歴も長い社員だってたくさんいるが、誰《だれ》一人、上條透花を役職者として認めていない者はいない。優秀な女性なのである。

ちなみに俺の名前は下野七哉《ななや》。二十七歳にして主任にもなれない平社員。ドジが多くていつも課長に怒られている。たった一つ歳《とし》が違うだけでここまで格差が生まれるだろうか？

目の前の完璧《かんぺき》超人に俺はつい劣等感を覚えてしまう。仕事ができる上に綺麗《きれい》とあっちゃ、逆立ちしたって敵《かな》わない。スタイルだって抜群だ。スーツのスカートから覗《のぞ》く綺麗な脚は、目のやり場に困るほどまぶしい。なんて美しいタイツなんだ。キラキラと輝いているじゃないか。ああ、俺はこのタイツになりたい。

仕事のできる美人上司。年上好きの俺としては、まさにド直球のタイプだ。彼女とこの会社で再会《ヽヽ》したときは、その日の夜にすぐ『女上司　タイツ　画像』で検索した。検索しただけだ。別にやましい意味はない。

ああ、そうそう、再会と表現したのには理由がある。彼女とは同じ高校出身なのだ。接点

もなかったので、向こうは俺のことなんて覚えていないどころか同じ高校だったことすら知らないだろうが、俺はずっと、この上條透花に憧《あこが》れていた。当時から生徒会長を務めるようなリーダーシップを持った先輩で、男女問わず彼女に憧れる生徒も少なくなかっただろう。俺もそのうちの一人だったのである。憧れの中には恋愛感情も含まれていた。高校時代から俺の年上好きは筋金入りだったわけだ。もちろん、小心者の俺は告白もできず、ただ陰から彼女を追っていただけだ。それでも俺は彼女の凛々《りり》しく美しい姿を見るだけで十分だった。

青春の思い出ってやつだ。

だが、それは過去の話。今の上條透花……つまり上條課長は、あくまで俺の上司。畏怖《いふ》の対象なのである。そんな課長に呼び出しをくらったわけだから俺は現在ドキドキバクバクの心理状態なのだ。今すぐにでもこの場から逃げて、自宅のあったかい布団《ふとん》に包《くる》まりながらソシャゲをしたい。お気に入りのお姉さんキャラを進化させるのに必要な素材集めをしなければならないのだ。怒られるのイヤイヤなのだ。

「こっち。もっと近くに寄りなさい」

そう言って、二十七歳でイヤイヤしているどうしようもない男に、目で合図を送る俺の上司。かわいい手招きのジェスチャーなどない。なんせ彼女は腕を組んでいるのだからな。ちょうどいいサイズのふくよかな胸をのせて腕を組んでいるのだ。くそ……最高だ。こんなの暴力だ。俺はこのことをいつも脳内でパイハラと呼んでいる。こんなお胸さん見せられたら仕事に集中できないだろ。まったく、うちの会社は働き方改革できていないな。チラッ。まったく……チラッ。あ、やばい睨《にら》まれた。

「あの、また俺なにかやっちゃいました？」

これが本当の「また俺なにかやっちゃいました？」だ。一時期、異世界で流行《はや》っていたこのフレーズだが、現実世界ではこの使い方が正しい。社会人の哀《かな》しい決めゼリフだ。

俺がそう言いながら課長のもとへ近付くと、急にグッとネクタイをつかまれ顔を寄せられる。フローラルな甘い香りが鼻をくすぐった。ドキドキしてしまう大人の香りだ。

目の前にある薄くて透明感のあるくちびるが心地よい音色《ねいろ》を奏《かな》でる。

「ネクタイ曲がってる。あなた、このあと大口の取引先にメンテナンス行くんでしょ？」

彼女の細くて白い手がネクタイの結び目を押さえる。そういえば今朝《けさ》は寝坊してロクに鏡も見ず家を出たんだった。

「すみません、ありがとうございます。なんか新婚夫婦みたいで照れますね」

「なにバカみたいなこと言ってるの。バカじゃないの。私とあなたが裏で社内恋愛して付き合って二年半のある日に夜景の綺麗なレストランで……いや、いつもと変わらない日にいつもと変わらない同棲《どうせい》している自宅でプロポーズされたのち結婚して毎朝行ってきますのチューするような新婚になるわけないじゃない。バカじゃないの？」

「はい、すみません！」

やばい、余計な一言で課長の逆鱗《げきりん》に触れてしまった。顔を真《ま》っ赤《か》にするまで怒っている。バカって三回言われたし。つい余計なことを言ってしまうのが俺の悪い癖《くせ》だ。

「もう……なんのために大口の担当任せたと思ってるの。初めての挨拶《あいさつ》にもなるんだからシャキッとしなさい！」

「はい！　そうそう、初めての挨拶……あああああ、そうだったあああ！　メンテナンス日、今日だったあ！」

俺が勤めている株式会社ジーオータム商事はコピー機やプリンターなどのオフィス用事務機器を取り扱う営業会社だ。トナーカートリッジなどの消耗品も同時に販売しているため、大口の顧客には、売るだけではなくアフターフォローとして月に一度のメンテナンスもしている。

そして今月から俺は売り上げの要《かなめ》となっている超大口顧客の担当を受け持った。大口顧客は会社の規模が大きいため、事務機器の台数も桁違《けたちが》い。さまざまなメーカーの多種多様な事務機器をメンテナンスするとなると、経験の浅い俺みたいな平社員ではマニュアルが必要不可欠だ。丸腰で行こうものなら、右往左往するだけで恥を晒《さら》すはめになる。

そして……すっかり今日がメンテナンス日だと忘れていた俺は、莫大な量のマニュアルをまだ手元に準備していなかった。電子データはまとめてあるが……取引先へ持っていくために今から印刷していたら約束の時間には間に合わない。

「ああ……やばい、どうしよう……」

「あなた……まさか」

「か、課長……助けてくださーい！」

そんなド○えもんの映画みたいな叫び声と共に、この物語は始まるのである。

第1章 後悔やり直したいと思いませんか？

Why is my strict boss melted by me ?

梯子酒《はしござけ》も三軒目で終了を迎え、ほてった体に冷えた外気がしみる夜の道。

終電の時間はすでにすぎてしまっている。

まあ、一人暮らししているアパートはそう遠くないのでタクシーで帰れば問題ないのだが、
しかし、別のところに問題が生じている。その元凶となっているのは俺《おれ》の肩にもたれかかっている綺麗《きれい》な女性の手だ。

「下野《しもの》く〜ん、次行くわよ、次ー！」

エリート課長が大きな目をトロンとさせ俺の右腕にからみ付いていた。

めちゃくちゃいい匂《にお》いがする。てか、まじでかわいいなこの人。芸能人かよ。

なんて、言ってる場合じゃない。

「もう帰るんですよ課長。明日も仕事ですよ」

「やだやだやだー！　下野くんと飲むー！」

かわいいかよ！　なんだよこいつ！　かわいいかよ！　お持ち帰りするぞ！

はっ、いかんいかん、気を抜くと理性を持っていかれそうだ。課長にこんなギャップが

あったなんて。案外お酒は弱いのか。サシで飲んだの初めてだから知らなかった。

　俺が起こした昼すぎのドジをフォローするため、わざわざ取引先まで付いてきてくれた課長。その手際《てぎわ》はすさまじいものだった。マニュアルもなしにあの膨大な数の事務機器をメンテナンスし、相手方のなにげない質問にも瞬時に回答していた。その知識量に俺はただただ驚嘆《きょうたん》するのみだった。

　そのお礼として今夜は一杯奢《おご》ると課長を誘ったのだが……昼のかっこよかった彼女はどこへやら、ほほを桜色に染め、乱暴に髪をかきあげ、ブラウスのボタンは二つ目まで大胆に開かれている。ああ、タイツ越しの太ももが俺の脚に触れたぞ。くそ……俺が高校生だったら卒倒してるぞこんなもん。大人のお姉さん怖し！

　とにかく、彼女を無事に家まで送り届けなければいけない。幸い、課長の自宅は会社のすぐそばだ。「人生で最も無駄なことは通勤時間と利益《りえき》を生まない媚《こび》よ」の口癖《くちぐせ》を有言実行し、会社の最寄り駅に住むストイックさ。隙《すき》がなさすぎて逆に怖いが、おかげで終電がなくても、このまま歩いて送ることができる。

　俺はスマホでマップを開きながら、ベロベロの課長を誘導する。

「ほら、確か課長の家こっちですよね？　行きますよ」

「なんでかちょーのいえしってるんだーしものー！　すとーかーかー！　かちょーのすとーかーかー！」

急に呂律《ろれつ》がヤバくなったな！

「さっき飲んでるときに住んでるとこの話題になって、自分で言ってたじゃないですか。ほら行きますよ！」

「むー、のむっていってるにー、じょうしのいうことがきけないのかー！　わたしはかちょーだぞー！」

「今の『かちょー』に怒られるより、明日会うシラフの『課長』に、なんで送らなかったんだって怒られるほうが嫌なんですよ。ほら、ちゃんと歩いて」

フラフラしている課長の肩をしっかり抱えて、俺は強引《ごういん》に歩く。

「むー、いつもこうやって女をたぶらかしてるのか下野はー」

声のトーンが下がる。少し落ち着き始めたか。

「俺がモテないこと課長も知ってるでしょうに」

「うちの事務にはモテてるぞー」

「高野《たかの》さんや鈴木《すずき》さんでしょ？　もう大きいお子さんがいる主婦の方々に人気でもモテるって言わないんですよ。しかも、あんなの俺がドジ多いから子供みたいでかわいいって思われてるだけですって」

「……そんなことないと思うけど」

課長が怪訝《けげん》そうに眉《まゆ》をひそめる。それは俺が本当に男として主婦の方々にモテてると思っているという意味だろうか。仕事はできるのにこういう洞察力《どうさつりょく》はないんだな課長は。高嶺《たかね》の花すぎてあまり男が言い寄ってこないせいか、恋愛ざたは疎《うと》いようだ。ま、モテない俺が言うなって話だけどね！

「課長は本当にモテモテですけどね。うちの男社員みんな裏で課長のこと狙《ねら》ってますよ」

「興味ない」

それだよそれ！　だから男が言い寄ってこないの！　こんなのよほど容姿《ようし》と収入に自信のあるイケメン実業家か、イタリア人並みの情熱的なモテ男でもない限り怖くてアタックすらできないよ！　まったく、酔ってると思ってたけど案外冷静なのか？

「興味ない！」

グッと体を寄せて、紅潮した綺麗な顔を俺に近付ける課長。え？　なんで二回言った？

「す、すみません。余計なこと言いました」

なんか怒ってそうだし、とりあえず謝っておこう。

「あなたはどうなのよ」

「え？」

「あなたは恋愛とか興味あるのかって聞いているの」

やばい、説教モード入ってきた。冷静というか、これはあれだ。酔っ払って感情の起伏が激しくなってるパターンだ。一番やっかいなやつだ。

ここはないと言うのが正解だろう。仕事一筋。こういうときにこそ上司にアピールしなければ。

「ありません。俺は仕事一筋です」

「本当に？　今まで一度も恋愛に興味持ったことないの？」

「そ、そりゃ、高校のときは憧《あこが》れの人がいたりもしましたけれど……それくらいで、俺は仕事一筋です！」

ま、その憧れだった人が高校時代のあなたなんですけどね。そして、あなたは俺のこと覚えていなかったんですけどね。泣ける。

「ちっ、またその話？」

えー！　自分で聞いといて！　確かに飲みの席で何回かしてる話題だけど！

「すみません」

「ふん。いつまでも憧れなんて言ってないで、ちゃんと仕事しなさいよ」

「はい、すみません」

なんで俺怒られてるの⁉　え、さっきまで小学生みたいな語彙力《ごいりょく》で喋《しゃべ》ってた酔っ払いになんで俺怒られてるの⁉　それは上司だから。彼女が上司だからなのだ。サラリーマンの哀《かな》しき運命なのだ。

「下野くん」

「はい」

「気持ち悪い」

「酷《ひど》い！　さすがにパワハラですよ！　いくら俺でも泣きますよ！」

「ちがう、きもちわるい」

課長が顔面蒼白《そうはく》で口を手で押さえ始めた。ようやく俺は彼女の訴えに気付く。

「わーわーわー！　大丈夫ですか課長！」

必死に課長の背中をさすり、辺りに休憩できる場所がないか探す。といってもだいぶ歩いてしまって、すでに住宅街へと入っている。コンビニすら見当たらない。

焦《あせ》りながら右に左に首を振っていると、ふと奥のほうにうっすらと赤い鳥居が見えた。

神社ならベンチがあるだろうと俺は優しく課長をそこまで誘導する。

そのまま境内《けいだい》に入り、脇《わき》に設置されたベンチに課長を座らせ、着ていたジャケットを羽織《はお》らせた。

「大丈夫ですか課長？」

「うん……落ち着いてきた」

「よかった」

「ここ、どこ？　まさかラブホテル……!?」

「神社ですよ！　なんとなく肌に感じる空気でせめて屋外《おくがい》だってことはわかるでしょ！」

「ここらへんに神社なんてあったかしら？」

課長が不思議そうに言う。割と年季が入っているように見えるので新設されたわけでもなさそうだし、単に課長が酔っ払ってボケているだけだろう。

「まあ、でも休憩するところがあってよかったです」

「やっぱり休憩する気だったのね！」

「いや、あんたが気持ち悪い言ったんでしょうが！　それにこの時間なら宿泊ですよ！」

「お参りすりゅー！」

「情緒！　酔っ払いか！　いや、うん、酔っ払いだな！」

さっきまで吐きそうにうずくまっていた女がルンルンと拝殿へ向かう。無邪気か。

「もう課長、あんまりはしゃぐとまた気持ち悪くなりますよ」

「下野くんも来てお祈りしなさい」

いやなにに。特に祈願することないけど。強《し》いて言えば主任への昇格か……。

暗闇《くらやみ》の中、赤外線レーザーみたいに課長の鋭い視線が飛んでくるので、諦《あきら》めて俺も拝殿へ向かった。

「早くしなさい」

「はい」

待ち構えていた課長の隣に立ち賽銭《さいせん》を投げ入れる。

そして、パンパンと二拝二拍手。お清めもしてないが、まあ、そんな律儀にすることもないだろう。ノリだノリ。

なにを願おうかと悩みながらふと右目を開けて、横を見る。

綺麗だった。

目をつむり、お祈りする彼女は、キラキラと星明かりに艶《つや》やかな髪を輝かせ、とても綺麗だった。

俺は思わずドキっとしてしまう。

なんだか、横に立っている、なんのとりえもない男が、異様に寂《さび》しく感じた。

彼女は高嶺の花だ。

それなのに俺は横に立ってしまっている。

もし、やり直せたらなんて、それこそずるくて情けない考えかもしれないけれど。

でも、もし、彼女との出会いをやり直せたなら。

上條透花《かみじょうとうか》の横に立つことが、ふさわしい男となれるよう頑張ってみたいな。

そんなことを、いい大人が一人、星空に願った――――。

どうやら俺も、酔いが回っているらしい。

◆

頭が痛い。二日酔いだ。

最悪の目覚めと共に俺は体を起こす。

こんな状態で仕事に行かなければいけないだなんて、ただの拷問《ごうもん》だ。時代が時代だったら訴えてるよ俺は。そんなことで訴えてもいいくらいの時代を未来に期待。

さて、遅刻でもしたら朝から課長にまた怒られるし、水でも飲んで準備するか。

そう思い俺は充電済みであろうスマホを手さぐりで探す。やはりまだ、まぶたを上げるのはしんどい。とりあえずスマホ見つけたら目を開けよう。

開けよう……開けよう……開けよう……と、いつまでたってもスマホが見つからない。いつも充電器につないだまま枕《まくら》の横に置いているのだが。スマホの代わりになにか長細い、ちょうど手に収まるサイズの物体を見つけた。なんだこれ、硬くて、冷たくて、真ん中に切れ目があるな。ハンバーガーのおもちゃかな。んなわけあるか。なんて朝からむなしいノリツッコミをしつつ、とうとう俺は諦めて目を開けることにした。

手に持っていたのはガラケーだった。

は？　意味わからん。なんでガラケー？　酔っ払いすぎてケータイショップでガラケー契約してきたのか？　やばいな昨日の俺。面倒くさすぎだろ。

てか、スマホどこ行ったよ。頭痛いし、もうさっさと会社行く準備しなきゃなのに。

焦ってきた俺は本格的にスマホを探そうと立ち上がった。そして、しっかりと目を開いて辺りを見回した。

俺がいたのは実家だった。

「いや、なぜ実家⁉」

白いクロスの壁に包まれた八畳の部屋。ベッドの横には小さなテレビ台。その向かいには小学生から使っている勉強机。間違いなく実家の部屋だ。

どうやら昨日の俺はケータイショップでガラケーを契約したあと、わざわざ電車をのり換え実家に帰ってきたらしい。どんだけ酔っ払ってたんだよ。てか実家からだと会社までかなり時間かかるぞ。あー、もう遅刻確定。最悪。てか今、何時だ？　ワンチャン早起きしててまだ間に合うか？

自分の部屋を見回し時計を探す。壁にかかっていた丸時計が七時すぎを知らせていた。はい、無理。間に合わない。

「……あれ、ちょっと待てよ」

だんだんと眠気の引きと共に冴《さ》えてきた脳が、俺に違和感を訴える。

あの丸時計、確か大学進学で一人暮らしするときに持ち出したはずだが。てか、そのあとの就職時の引っ越しにも持っていっている。つまり、今も俺の一人暮らしのアパートにあるのだ。

なぜ実家《ここ》に？　混乱している。かなり混乱している。

もう一度、ちゃんと昨夜のことを思い出そう。

課長と三軒ほど梯子をし、終電がすぎたので、とりあえず家が近くの彼女を歩いて送って……、ん、送ったんだっけ？　そのあとどうしたんだ？　あれ、思い出せない。完全に記憶が飛んでいる。断片的に課長との会話は覚えているが、どうやっても記憶の途切れ目が鮮明にならない。

てか、終電を逃したのに俺は実家までどうやって来たんだ。タクシーなんか使ったら相当な値段になる。もちろん平社員の俺にそんな金の余裕はない。それに、ケータイショップがあんな深夜に開いているわけ……。

俺は手に持っていたガラケーを再度見る。

あれ、見覚えがある。

見覚えが……。

ハっと俺は急いで勉強机を見る。

なんで、机の棚にまだ高校時代の教科書や参考書が並んでいるんだ。

ここは俺の部屋なのに、明らかに俺の部屋じゃない。

恐る恐る、俺は二つ折りのガラケーをパカッと開いた。

小さなディスプレイが表示していた日付。

五月十八日。これ自体はなにもおかしくない。おかしくないが、

「嘘《うそ》だろ、なんで月曜日なんだ。昨日は水曜日だったはずだ……いや、そもそも」

そもそも、俺が今この手に持っている高校時代に使っていた携帯の表示していた日付の西暦は――十一年も遡《さかのぼ》ったものだった。

そしてブラックアウトした画面に反射した自分の顔を見て俺は驚愕《きょうがく》する。

おいおい。

俺、高校生に戻ってんじゃねーか！

◆

驚愕の事件から数十分後。

俺は学校の門をくぐっていた。つまり登校したのである。

なぜ登校しているのか？　って、そりゃ高校生なんだから学校に行くのは当たり前だ。

いやいや、なぜそんな素直に高校生に戻っていることを受け入れているのかって？

これはいわゆるタイムリープってやつだろう。

そりゃ俺だって、最初は動転していた。まだ夢を見てるのかと思った。しかし、ベタに

ほっぺをつねっても痛いし、自室からリビングに向かえば若かりし頃《ころ》の母がいるし、テレビをつければ当時ブームだったドラマの番宣をしているし。もう受け入れるしかないほど、俺が時間を遡っていることは間違いないのだ。アニメや映画で見たことある……タイムリープってやつだと思う。十一年前っていつ頃だろうかと冷静に年数を計算してみれば、ちょうど高校一年生の春だ。これから三年間の青春が待っている年だ。

その事実を改めて認識したときの俺の気持ちがわかるか？

よっしゃ――――――!! 会社行かなくていい――――――!!

最高じゃんか!! 会社行かなくていいなんて!!

ちょろっと学校行って、ちょろっと授業受けて、残業もなく夕方には帰宅！

そりゃ登校するっしょ！ 学校行くよ！ 会社じゃなくて学校行けばいいなら学校行くよ！

というわけで俺は懐《なつ》かしの母校に登校したのだ。

なんだろう、この爽《さわ》やかさ。懐かしい匂いのする春風が、まるでミントのように二日酔いの頭をスーッと澄み渡らせる。そういえば、俺酒臭《くさ》くないかな？ さすがに十六歳で酒臭いのはまずいよな。

一応、体の臭《にお》いを確認し、まあ、大丈夫だと判断を下して俺はそのまま教室へと向かった。

確か一年生のときは七組だった。ギリギリ教室の場所は覚えている。

記憶を頼りにたどり着いた教室の前で俺は一度、深呼吸する。

やばい、緊張してきた。

なんていったって十一年ぶりだ。気持ちは高校時代から変わっていないと思い社会人としてすごしてきたが、いざ本当に高校生に戻るとなると、こう、なんとも言えない不思議な感覚が全身を包み込む。

「ヘイヘーイ七っち、なにやってんのー。突っ立ってないで入ろうぜヒュイゴー！」

絵に描いたようなチャラ男《お》が俺の肩を強引につかみ教室の中へといざなった。

「おお、鬼吉《おにきち》じゃん！　若い！」

「そうでーす鬼ちゃんでーす、うぇい！　若いです！　ヤリたがり真っ盛り！　ヒュイヒュイ！」

田所《たどころ》鬼吉。俺が高校時代に一番仲のよかった男子だ。高校卒業後は上京して歌舞伎町《かぶきちょう》のナンバー1ホストになり、二十五歳で自身のホストクラブを経営し始めた生粋《きっすい》の色男。今でもたまに地元へ戻ってきては、高校時代と変わらない距離感で接してくれる、いい友人である。その高校時代の鬼吉だ。

「あれ、でも鬼吉がチャラくなるのって高二になってからじゃなかったっけ……」

「どしたの七っち、朝から寝ぼけちゃってヒュイヒュイ！」

「いや、あいかわらずうるせーな！　ヒュイヒュイってなんだよ！　ゴーまで言えよ！」

「七っちのツッコミ尊《とうと》みマックス、チョベリグ！」

チョベリグはこの時代でも古いだろ！　あれ流行《はや》ったのさらに十年は遡らないか？　しかし高校時代の鬼吉はパワフルだ。大人になった彼がいかに落ち着いたのか今さらになってよくわかった。

「鬼吉、俺の席ってどこだっけ？」

さすがに席の位置までは覚えていない。

「んー、七っち、本当に寝ぼけてるのか？」

しまった、鬼吉ならノリでいけるかと思ったが、さすがに怪しまれたか。そりゃホストクラブを経営するくらいなんだ。チャラくても本来の地頭はいいはず。

「い、いや……ちょっと調子悪くて、頭が回ってないんだよ」

くー、さすが万年平社員の頭の回転。言い訳の弱さに限界を感じるぜー。

「確かにちょっと顔も赤いな」

それは多分二日酔いだから。

「どれ、七っちオデコ貸してみ倖田來未《こうだくみ》」

当時流行っていたアーティストを思い出させてくれながら、鬼吉が急に額《ひたい》をくっつけた。

鬼吉は背が高いので少し前屈《まえかが》みになる。

「おい鬼吉、ちょっと恥ずかしいよ」

「このままキスする？」

「ホストか！」

いや、ホストだけど！

慌《あわ》てて俺は額を離す。

「ヘイヘーイ、熱はなさそうだし大丈夫だな七っち。ヒュイヒュイ、ヒュイゴー」

ゴーを付ける基準がわからん。

なんだかんだで鬼吉に席を教えてもらった俺はカバンを机の横にかけ、そのまま腰を下ろした。

その瞬間、誰《だれ》かにうしろから羽交《はが》い絞《じ》めにされる。また鬼吉か⁉　と思ったが、背中に伝わる柔らかな感触で男子じゃないと察する。

ムニュ。

ついでにポヨヨン。

「うおい、なんだ、誰だ！」

「なんだ、誰だと聞かれたら、答えてあげるが世の情け」

「なんだ奈央《なお》か」

「最後まで言わせろーこのー！」

うしろから抱き着いてきたのは幼馴染《おさななじ》みの中津川《なかつがわ》奈央だった。

明るめのオレンジ色をしたショートカットに、かわいらしい八重歯《やえば》がチャームポイントの童顔女子。制服を校則違反ギリギリのラインで着崩した姿は、清楚《せいそ》系が流行っている十一年後とは違い、いかにもこの時代の女子高生らしい。はだけたシャツから覗《のぞ》く胸の谷間が視界に入り、目のやり場に困る。

元いた時代の奈央は高校卒業後に遠方の大学へと進学し、そのあともバックパッカーとして世界各地を回っていたため疎遠になっていた。なので鬼吉と違いやけに懐かしさを感じる。

「暑いから離れろって」

「おやおや、恥ずかしがっちゃって。抱き着かれて勃《た》っちゃったか？」

「朝から酷い下ネタだな！……ってそんな巨乳だったっけ⁉」

「七哉《ななや》こそ朝からすごいセクハラだね！　そうだよ、わたしは巨乳だよ！　大胆セクハラ坊やにはサービスでモミモミさせてあげよう！　揉《も》み放題五千円！」

「サービスじゃない！　ちょっと安めのおっぱぶ的な妥当《だとう》価格！」

「おっぱぶ……？」

しまった。俺は何回しまったをするんだ。周りの女子はおっぱぶというワードの響きから、いやらしいことだと勘付いたのだろう、奇異の目でこちらを見ている。男子は何人かだけニヤニヤしていやがる。高校生のくせにおっぱぶを知ってるとはマセたガキどもめ。鬼吉はキョトンとしている。チャラ男のくせにおまえはウブなんかい！

「とりあえず、離れてくれない?」

苦笑いしながら俺が奈央に言うと、彼女は諦めたのか素直に背中へ当てていた大きな胸を離した。あ、ちょっと名残惜《なごりお》しい。

そして、去り際に耳元で、

「七哉ならいつでも揉み放題にしてあげるよ」

と、色っぽく囁《ささや》いていった。

このクラスにはホストとキャバ嬢しかいないのか。

そう思いながらも、俺の頭が沸騰《ふっとう》寸前だったのは内緒だ。

◆

放課後。俺は二年生の教室がある二階へと来ていた。一年生の教室は一階なので階段を上ればすぐだ。

さて、ここで一つクイズを出そう。俺には今、口説《くど》き落としたい女性がいる。それは誰でしょうかそうだ上條透花だ正解だ。

しかし、どこの世界に直属の上司を口説こうとする部下がいるだろうか。しかも、かたやドジばかりの万年平社員。かたや二十八歳で課長に上りつめる超有能管理職。そうだ無理だ正解だ。

難易度の問題ではない。そこに恋愛という概念が介入する余地は皆無。スタートラインにすら立てていないのだ。

だから、俺はよく後悔することがある。あー、高校のときに課長を口説いておけばよかったな、と。

彼女がSレア級の強キャラなのは変わりないが、高校時代なら、まだ強化前。進化をとげていない状態だ。なぜそのときに仕掛けなかったのだろう。

ふっ……そんな酷な話あるか。高校時代のさらに無能で童貞で（いや童貞は今も変わらないけど）青二才の俺にそんな酷な話を押し付けるもんじゃーない。かわいそうだろ俺が！

無理に決まってんだろ！

そう、高校時代の俺ならな。

タイムリープを自覚したあのとき、会社に行かなくてもいいということ以外に、もう一つ俺の頭に浮かんだことがある。

後悔をやり直せる。

しかも、この記憶を持ったまま。

二十七歳の下野七哉が二十八歳の上條透花を落とすことは不可能だ。

十六歳の下野七哉が十七歳の上條透花を落とすことも不可能だ。

だけど、二十七歳の俺が十七歳の課長を落とすことなど造作もないことよ！

こちとら大人だぞ。車の免許も取れない高校生のメスガキなんて三時間もありゃイチコロに決まってんよ！

彼女の周りにはそりゃスクールカーストトップのイケメン陽《よう》キャどももたくさんいるだろう。だが所詮《しょせん》ただの高校生。恐るるに足らんね。

俺は自信の笑みを浮かべて二年生がたむろう廊下を歩く。

上級生の廊下ってなんか妙に圧を感じて緊張したもんだが、こう見てみると、みんなかわいいもんだ。

ふっ、童貞くんたち、いい青春送りたまえよ。

おっと、課長……いや、俺の透花の教室に着いたようだ。彼女が何年何組だったかなんて当たり前に覚えているよ。

俺は教室の戸に手をかけ大胆にガラガラッ！　と音を立てた。

さて、マイハニーはいるかな？

教室の中央。

行儀よく、そして整った姿勢で席に座り、帰り支度《じたく》をしている。

上條透花。

細く繊細な黒髪。大きな目に長いまつ毛。透き通った白い肌はまるで雪のよう。

綺麗だ。

綺麗すぎる。

大量の汗が吹き出し、一気に膝《ひざ》がガクガク言い始めた。

「あ……あわわわわわわわわわわわわわわわ」

「どうした一年、誰かに用か？」

入り口付近にいた二年生のイケメンが震える俺に話しかける。

「しょ、しょの、かびじょじょじょうぜぜぜぜんばいいに」

「なんだこいつ、うける」

こえー！　二年生こえー!!

「なになにー？　どしたの裕二《ゆうじ》ー、一年生いじめてるの？」

ギャル！　こわい!!

「ちげーよ、こいつがなんか勝手にテンパってんだよ。誰かに用あんだってよ」

そうだ、俺は用があってここに来たんだ。今さらなにを怖《お》じ気《け》付いてテンパっている。

しかし、十一年越しに思い出す。あまりに昔すぎて忘れていた事実。

圧倒的なオーラを出している高校生の課長を、俺は再度見つめる。

そうだ。そうだった。この人は高校時代から別格だったのだ。

上司と部下という名目があるおかげで関係を築けていたほうが、むしろマシだった。

なんの接点もないこの時代。どうしてあんな完璧美人《かんぺきびじん》に平凡な俺が話しかけられよう。

二十七歳の下野七哉が十七歳の上條透花を落とすことは到底、不可能だった。

部下として怒られていた日々が懐かしく恨めしい。

未来を懐かしむという摩訶《まか》不思議な体験をしていると、なにかに気付いたようにイケメン二年生がニヤリと笑った。

「おーい、透花ー！　こいつおまえに用があるみたいだぞー！」

ヤバい！　バレた！　露骨に課長のことを見すぎていたか！

イケメンに続き、すかさずギャルが合いの手を入れる。

「ちょっとーまた透花に告白する男子ー？　今月これで何人目よーキャハハ」

そう言いながらケラケラ笑う。この笑いは恐らく撃沈すること前提。嘲笑《ちょうしょう》の意図が含まれているのだろう。

「やめとけって一年、晒《さら》し者になるだけだぞ」

なんて、優しいアドバイスのような言葉だがイケメンの顔を見ればおもしろがっていることは明白だ。

「てか、一年生くん、そんな容姿でよく透花に告白しようと思ったねー。勇気リンリンじゃん」

ギャルはギャルでもう煽《あお》ることを隠そうとすらしていない。まだ俺からはなにも言っていないのに、告白するってことを決定事項にしている。

いや、実際そうだろ。

告白までとはいかなくとも、俺は課長を口説くためにここに来たんだ！

イケメンとギャルのせいで教室中の注目を浴びてしまい惨めな気持ちで押しつぶされそうだが、ここで引いていたら男がすたる。

タイムリープなんて奇跡を無駄にするのか七哉！　さっきまでの威勢はどうした⁉　いったれ！

意を決し、再びまっすぐと課長を見た。

騒動に気付きつつも、一切《いっさい》表情を変えず、まるで無関心だと言わんばかりの目でこちらを見つめ近付いてくる課長。

あー、この目はミーティングのときによく見る目だ。営業目標を達成するために俺が企画した案がまったく響いていないときの目と同じだ。

ツカツカといつものハイヒールの音が聞こえてきそうなリズムで、課長は徐々に俺のもとへと向かってくる。制服のスカートから覗く艶やかなタイツだけは、唯一スーツ姿のときと同じだ。一瞬で元いた時代の課長が目の前の女子高生と重なる。

ふと、昨日の言葉が脳裏《のうり》に浮かんだ。

興味ない――――。

ええい、弱気になるな！　行け！　行くんだ七哉！

くださいっ！」
「あああああ、あの、俺一年の下野七哉って、言います！　上條先輩、俺と、友達になって
ください！」

課長が俺の前で止まった。

そして、彼女の返事が来る前に両脇から笑い声が上がる。

「え、なになに、なんで友達なの？　ウケる！　一年そりゃないって！　ギャハハハハ」

「ちょっとー、一年生くーんマジー？　告白だと思ったら友達って！　奥手なの？　それとも天然？　いや、童貞かー！　キャハハハハ」

くそ……もう、黙っててくれよ。これが今の俺にできる精一杯なんだよ。告白なんてするわけないだろ。接点を持つ。それだけでも俺にとっちゃ歴史を変える前進なんだ。なんなんだよ。そんな笑うなよ。ちょっと泣きそうになってきた。

「ちょっと、うるさい」

「はい！　すみません！」

課長から出た冷たい声に条件反射で謝ってしまった。

トホホ。いつものパターン。

「君じゃない、横の二人。くだらないことではしゃがないでくれる」

「へ？」

左右を見てみれば俺と同じくイケメンとギャルがキョトンした顔で課長を見ていた。が、

そんな二人を無視して課長は続ける。

「下野七哉くん」

「は、はい」

「じゃ、友達になった記念で一緒に帰ろっか」

そう言って、彼女は俺に腕を組んで密着した。おまけに首を肩に寄せた。ニコニコ満面の笑みで。


「「「えええええええ――!?」」」


教室中の生徒が驚愕の音色《ねいろ》をハモらせた。

もちろん俺も参加している。

な、な、なんじゃこりゃー!!!

◆

運動部のかけ声が響く夕方の校門前。

俺の背中に腕に足に、大量の視線が矢となり突き刺さっていた。

「七哉くんって、けっこう腕太いんだね。着やせするタイプだ」

おかしい。

こんな奇跡があっていいのだろうか。

とてもいい匂いを漂《ただよ》わせている女子高生が一人、俺の左腕を両手でつかんでその柔らかい体を寄せている。フローラルな大人の香りでなく、柑橘《かんきつ》系の初々《ういうい》しいフレッシュな香りだ。

大衆の注目を集めてしまうのも無理ない。彼女、言うまでもなく上條透花は学内でも有名なカーストトップクラスの美人なのだ。その美人が冴えない男子と腕を組んで校門前を練り歩いていたら、俺だったら嫉妬《しっと》しちゃうね。間違いないね。

「ちょっとー、七哉くん聞いてるの？　もしかして、さっきの二人のことまだ怒ってる？　ごめんね、悪い子たちじゃないんだけど。私からまたちゃんと言っとくからね」

「あ、い、いえ別にそんな。かちょ……」

「かちょ……？」

「あ、すみません！　噛《か》んだだけです！　上條先輩と一緒に帰れるなんて思ってなかったので緊張してて」

「……そう？　ま、そうだよね、うん。もー、そんなこと言われるとお姉さん照れちゃうぞ」

おおい！　なんだこれは！　なにが起こっている！

こんなデレデレな課長見たことないぞ！　確かに昨日も腕をつかまれながら一緒に帰宅するという、まったく同じ状況にいたが、あれはデレデレではなくベロベロの課長だからな。まさか酒飲んでないよな課長。高校生が酒なんて飲んじゃいけませんよ。んなわけないか。じゃあ、なんだよこれは！　誰か説明してくれ！

だが想定外の事態に翻弄《ほんろう》されている場合じゃない。せっかくタイムリープ強くてニュー青春大作戦が幸先《さいさき》いいスタートを切っているんだ。このチャンスをものにしない手はない。

会話をするんだ。なにか会話を。あれ、いつも俺って課長とどんな会話してたっけ。基本的に仕事の話しかしてないような。だめだ……話題が思い浮かばん。今すぐにでも恋愛メンタリストＹｕｉｔｏ《ユイト》の指南動画を見たい。この時代だとまだそこまで動画投稿なんかは流行ってないだろうか。高校生がガラケー持ってるような時代だから流行ってないだろうな。

「もしかして、あんまり私と一緒にいるの楽しくないかな？」

言葉が出ずに口をモゴモゴしていると、課長のほうから話しかけられてしまった。

「まさか！　楽しいです、はい！　とても楽しい！　ほら、楽しすぎてスキップしちゃおうかな！」

課長に腕を組まれていることも忘れて俺はその手を振り切るように前へとスキップを始めてしまった。くそー、バカか俺は！　アホかバカか童貞か！　これだから二十七にもなって童貞こじらせてるやつは！　いや童貞じゃねーし！

「あはははは、なんで急にスキップしてるの、七哉くんおもしろい！」

まさかの課長、大爆笑。普段、眉間《みけん》にしわを寄せている課長ばかり見ているせいか、そのギャップに心臓が口から出そうだ。かわいい。

「す、すみません、つい」

「もう、先に行かないでよー。お姉さん寂しいぞー」

そう言って小走りでこちらにやってきて再び俺の腕をつかむ。勢いでおっぱい当たった。おっぱい当たった。

「ちっ」『ちっ』『ちっ』

周りからはっきりと音になって響く舌打ちが合唱を始めた。男子たちの目が悪魔のように赤く光っている。サバトでも始めるのかな？　怖い。

「上條先輩、学校であまりくっつくと、その、そういう関係だと誤解されますよ」

「そういう関係って、どういう関係？」

「いや、だから……付き合っていると」

すると、顔を真《ま》っ赤《か》にして課長はすぐに腕を離した。

「あ、ごめんごめん！　そうだよね！　えへへ」

恥じらう課長もかわいい。実は高校時代の課長は誰にでもイチャイチャするビッチだったのかもしれないと少しだけ不安だったが、この様子では違うみたいだ。まあ、男に興味ないと断言する課長がいくら若い時とはいえビッチなわけないか。さっきのイケメンとギャルに俺が笑われてたことを気にして、仲良くなろうと頑張ってくれていたのかもしれない。

あー、そうか、そうだそうだ。合点いった。気を使ってくれていたのだ。そうに違いない。あの課長が急にこんなデレデレするわけないもんな！　なんだ、そうだったのか。そう思うとちょっと寂しい反面、冷静になれてきた。

「さ、行きましょうか上條先輩」

「うん！」

気が落ち着いてからは、校門を出て課長の家までゆっくりと二人で歩いた。

家族のこと、中学時代のこと、好きな芸能人のこと、こんなに課長と話したのは初めてかもしれない。

入社してから五年。長い付き合いだと思っていたが、全然課長のこと知らなかったんだなぁと俺は改めて思う。タイムリープして本当によかった。

三十分くらい歩いたところで課長の家の前へと着く。住宅街にある二階建ての綺麗な一軒家だ。

「送ってくれてありがとうね」

「こちらこそ、上條先輩といろいろ話せて楽しかったです。ありがとうございます」

「なんか硬いなあ。せっかく友達になれたんだから、上條先輩はよそよそしいよ。透花って呼んでほしいな。あとタメ口でいいよ」

「いやいや、そんな恥ずかしいですよ。それに友達といっても先輩なんですし」

「むー、それはそうかもしれないけど……」

「あのー、なんで俺と友達になってくれたんですか？　見ず知らずの後輩なのに」

「さてここでクイズです。なんででしょうっ？」

「いや、それを聞いている！　そしてクイズの出し方が雑！」

「あはは、もう、七哉くんはいちいち反応がかわいいなー、お姉さんキュン死しちゃうぞ」

「ちょ、ちょっと、からかわないでくださいよ」

キュン死するのはこっちだっていうの。

「からかってないよー、さっきのだって別に私はそういう関係に……」

「上條先輩？」

「……な、なんでもない！　じゃあ、またね、バイバイ！」

茜色《あかねいろ》の夕日に顔を染めて、彼女は家の中へと消えていった。

揺れるうしろ髪がキラキラとして、とても綺麗だった。

俺は自宅のほうへとつま先を向けて歩きだす。

そして、ゆっくりと考える。

ちょっと待って。今のって……。え？　脈ありなの？　え、わからない。勘違いかな。それとも浮かれていいのかな。わからん！　童貞にはわからん！　助けて恋愛メンタリストＹｕｉｔｏ！

中身はおっさんの高校男児、下野七哉。女心がいまだわからず。

◆

家に帰ると玄関で全裸の妹が待っていた。

なにを言っているのかと思うだろう。そうだろう、もう少しわかりやすく表現するべきだったな、すまんすまん。よし、簡潔に言うぞ。

家に帰ると玄関で全裸の妹が待っていた。

「なにしてんだおまえ！」

「変態奴隷お兄ちゃんのくせに女王様であるこの小冬《こふゆ》を待たせるとはいい度胸じゃない」

「無視するな！　服を着ろ！」

俺は着ていたブレザーのジャケットを妹に投げ付ける。いつからこいつは女王様になったんだ。そしてなぜ全裸なんだ。

下野小冬、俺の妹だ。十一年前だから……目の前の小冬は中学二年生か。母親に似たのか

背が低く華奢《きゃしゃ》な体をしている。この頃はポニーテールにハマっていた時期で、長い髪を綺麗に束《たば》ねている。実の兄が言うのも変な話だが顔はそこそこ整っていて、昔から男子にモテていた。高校のときは確かモデルにもスカウトされていたっけ。まあ、高校生に比べたらこの時代の小冬は、まだ幼さの残る少女だが。

そんな少女がなぜ全裸なのか、はたして兄には皆目見当もつかない。

全裸のままジャケットを受け取った小冬はそれを羽織ることもせず鼻に寄せてクンクンと匂いを嗅《か》いだ。

「女の匂いがする。帰ってくるのが遅いと思ったら他《ほか》の女とイチャイチャしてたの？　許せない。いけないお兄ちゃんにはおしおきだよ。さあ、小冬の足の匂いを嗅ぎなさい！」

「さっきからなんなのそのキャラ！　お兄ちゃんツッコミが追い付かないよ！」

どこでそんなSMまがいのことを覚えてきたのか。中学の友達に悪影響を受けた？　そんな影響を及《およ》ぼす友達もヤバいな。

そもそも俺の知ってる妹はこんな変態S女じゃなかった……。あ、でもタイムリープする前に妹から、最近なにやら新しい仕事を始めたと聞いたな。「ペットがかわいいのよ」とか言ってたからペットショップの店員にでもなったのかと思ってたが、あれはもしやそういうことだったのか。もともと、妹はS気質が……？　だとしても中学時代の妹は全裸で兄を変態奴隷と呼ぶような子ではなかったはずだ！　俺の帰りが遅いと寂しがるかわいいお兄ちゃん子だったんだ！

「ほら、早く匂い嗅ぎなよお兄ちゃん。寒いんだから」

「寒いなら服着なさい！」

「女王様は裸なの！」

「どこの情報からそうなった！　少なくともお兄ちゃんが知ってるお店ではオプションを付けない限りフルヌードの女王様はいないはずだ！」

「お店？」

あ、やっべ。てへ。

「いいから服着なさい。ほら自分の部屋戻って」

全裸の背中を押しながら小冬を彼女の自室へと押し込む。

「こらっ、まだおしおきが終わってない！　ちょっと、お兄ちゃん！」

すかさず俺は隣にある自分の部屋へと入りドアにロックをかけた。

「まったく、いくら妹でも目のやり場に困るわ」

ため息をつきながらイスに腰をかけ俺は頬杖《ほおづえ》を突いた。

ドンドンドンドン「こらー」と怒りの声が聞こえるが無視。

ちょっと今は考えたいことがあるんだ。頭のおかしい妹にかまってる暇はない。

ドンドンドンドンドンドンド。

ドンドンドンドンド、ドン、ドン、ドン。

ドンドドンドンドド、ドンドンドンドンドンドン。

うるせー！　諦めろよ！　どんだけ粘るんだ！　少年漫画の主人公かよ！　あと、ちょっとリズム取るな！

そのあと、三十分ほどでドアを叩《たた》く音は止《や》み（三十分叩き続けた妹が怖い）、俺はようやく、ゆっくりと頭の中を整理した。

タイムリープをして一日が終わった。

なにがキッカケで、なぜ俺がタイムリープしたかなんてことは考えても答えの出ないことだから、深く追及するつもりはない。よく課長が「答えの出ない問題より、まず解決の目途《めど》が立つ問題を優先的に消化しなさい」と口にしているので、その教えが身に付いている。

解決の目途が立っているかどうかは定かではないが、情報となるサンプル数の多い疑問が一つ。

少し俺の知っている歴史と違う。

まずは鬼吉。やはり、あとあと思い起こしても、やつがチャラくなったのは高二の夏だ。夏休みデビューかよとからかった記憶がある。

そして鬼吉の違和感がただの記憶違いでないと確信を持ったのが幼馴染みの奈央だ。彼女はあんなに巨乳じゃなかった。貧乳だったというわけでもないが、ワンサイズ、下手《へた》したらツーサイズくらいはカップ数が上がっている気がする。AV博士の俺が言うんだから間違いない。あれはGカップだ。奈央のカップ数はD～Eぐらいだったはず。もともと彼女の家は牛乳屋なので胸の成長は中学時代から著《いちじる》しくあったといえばあったのだが。

妹の小冬は言うまでもないだろう。

しかし、共通で言えるのは、根本的なことは変わってないということ。鬼吉も奈央も小冬も、その人自体の人格が変わっているわけではなく、もともと持っている資質の出てくるタイミングが変わっているだけ。つまりこれは世界線の移動でなく歴史改変。改変が起こった理由。まあ、思い当たるところ、俺のタイムリープだろう。

これは恐らくバタフライ効果という現象だ。確か、小さな変化がのちに大きな影響を与えるというような内容だった気がする。

学問的な詳しいことはわからないけれど、ようはのび太がタイムマシーンにのって過去でなにかしでかすと未来が変わるという、大長編ド○えもんによくあることだ。

つまり俺はのび太。このタイムリープで行動を起こせば未来は変えられるということ。それがほんの少しの変化であろうとかまわない。たった一人の女性が俺に振り向いてくれるくらいの小さな変化で。

そしてさっそく、俺の知っている過去とは違うイベントが起こった。

今日の課長だ。高校時代に課長と接点を持てただけでもすごいのに、なんだあのデレデレ具合は。本当にあれは課長か。いや、俺が動いたことで課長の冷たく硬い氷のような心を解かしたのでは⁉　これ、本人の前で言ったらぶち殺されるな。

なんにせよ、これは完璧な歴史改変だ。俺のタイムリープ強くてニュー青春大作戦は一歩前進したのだ。一歩どころか、三段飛ばしくらいした気もするが……。

だが、しかし！　俺は油断しない！　人生そう甘くないのだ。今の俺は確かに高校一年のジャリボーイだが、中身は立派な社会人。人生がそう上手《うま》く転がらないことを嫌というほど熟知している。

一見脈ありそうに見えた課長の言動も、こちらが都合のいいように解釈しているだけ、という可能性が十分あることを俺は知っている。何度も俺はそういう女性の気を持たせるような態度を見てきた。新人事務の前島《まえしま》ちゃんだって、この前の飲み会で「下野さんてすごいモテそうですよね。なんか一緒にいて安心する」なんて言ってたのに、その日に係長と寝やがったんだ。あの男は妻子《さいし》持ちだぞ！　不倫だぞ！　ちょっと、あれ？　え、マジ？　俺イケる？　とか思って鼻の下伸ばしてた俺の気持ち考えろ！　かわいそうだろ！　ちなみにそのとき課長はめちゃくちゃ怖い顔でこっちを睨《にら》んでいた。浮いた話には厳しいのだ。本当にあの人は仕事一筋だな。

そんな硬派な課長だからこそ、逆に今回の件は本当に脈ありと考えてもいいのでは？　なんて理論も確かに説得力あるが、ここでそう簡単に答えを出すわけにはいかない。なにせ今の俺には恋愛メンタリストＹｕｉｔｏの助言がないのだ。必死にＸＰ時代の分厚いノートパソコンで「恋愛　メンタリズム」と検索してもヒットしないのだ。Ｙｕｉｔｏ先生のアドバイスなしに俺の浅い恋愛経験ですぐ結論付けるのは、いくらなんでも楽観的すぎる。前島ちゃんみたいな上げて落とされる地獄のパターンを何度も経験したくないのだ。

慎重になれ七哉。社会はそんな甘くない。騙《だま》されちゃいけない。勘違いするな。脈などない。三段飛ばし？　浮かれるな。接点を持てただけで十分だろ。

まあ、だから気を引きしめていこうと思う。まだまだこれから。

俺のタイムリープ生活は始まったばかりなのだから。

◆

甘草南《あまくさみなみ》高校。

十一年前、俺が通っていた高校だ。

高校生活は変哲《へんてつ》もない平凡な日々だった。部活をしていたわけではないし、生徒会役員だったわけでもない。もちろん恋人なんていなかったし、のほほんとすごし無難に受験勉強をし、何事もなく卒業していった。

そんな毒にも薬にもならないモブキャラのような高校生活の思い出。

俺のすごした青春。

はたして青春とはなんだろう。

社会人になって、あのときこうしておけばだとか、ああなっていればだとか、過去のことを振り返る機会が増えたように感じるが、結局のところ、どんなときも精一杯やっていればという後悔につながる。

けれども大人はずる賢さを覚えるので、精一杯やったところで結果が伴わなければ意味がないと、もっともらしいことを言うようになる。それはもちろん正論でもあり、ガムシャラさは必ずしも褒《ほ》められたものではない。精一杯やっていたことが逆に失敗の元となることだって多々あるし、ガムシャラさや根性論を求めすぎると己《おのれ》の息が苦しくなってしまう。そして、それを他人に強要し始めたらブラック企業の完成だ。本当に褒められたものではない。

だから、ずる賢いなんて嫌な言い方はしたけれど、これはれっきとした大人の知恵なのだ。なのに、大人は心の中ではいつも、あのとき精一杯やっておけばだなんてことを考えてしまう。矛盾《むじゅん》していてやっぱりずるいだろ？

そんな哲学《てつがく》を持ち始めた二十七歳の青二才が考えるに、青春とは精一杯やっても矛盾しない時代のことをいうんだと思う。

精一杯やって、失敗しても、効率悪くても、嘲笑されても、そこにちゃんと答えは残る。

それが青春だ。

そして、青春をしに、俺は再び甘草南高校へと通っている。

リ・アドレセンス。その二日目。

昼食の休憩時間、俺は生徒がごった返す学食で、ポツンと一人さぬきうどんをすすっていた。薄味のダシが胃を優しく温《あたた》める。懐かしい味だ。

さて、なぜ俺が一人寂しくうどんをすすってるか、ここで簡単に説明しよう。

四時限目が終わるとすぐに鬼吉から教室で一緒に食べようと昼食のお誘いがあった。しかし、あえて俺はそれを断った。さすが未来のホストだけあり巧《たく》みなトークスキルについイエスを出してしまいそうになったが、ギリギリのところで耐え、首を横に振った。なんで男子と一緒に飯を食うことがあんな魅力的な提案に感じるんだ。鬼吉恐るべし。

俺がわざわざ鬼吉の誘いを断った理由は単純明快だ。課長をランチに誘うためである。ランチといってもここは会社じゃないので、おしゃれなレストランに行くため校舎を抜け出すわけにはいかない。購買でサンドイッチでも買って学生らしく屋上ランチとしゃれこもうじゃないかと考えたわけだ。

鬼吉に詫《わ》びを入れ教室を出た俺は、作戦を遂行するため、さっそく二階に続く階段へと向かった。

が、いざ階段を目の前にすると急に足が止まった。

昨日のイケメンとギャルのせいか、やけに上のほうから圧を感じる。

本当に、本当にいいのか？

そんなにガツガツ行ってもいいのか？

必死すぎキモっとか思われないか？

ちょっと優しくしただけで脈ありだと思った？　キモ。とか思われないか？

また、嘲笑の渦《うず》に晒されないか？

あー、思い出したわ。そうだわ。そういえば恋愛メンタリストＹｕｉｔｏが動画で言ってたわー。

『必死さを見せるのはモテない男のすること』

そうだそうだ。うん、そうだった。

恋愛下手な俺が危うく大失敗するところだった。必死さバリバリアピールするところだったよ。だっせだっせ、好きな女落とすために精一杯アピールしちゃう？　ださすぎだろ。

逆効果だよ、逆効果。危ねー。Ｙｕｉｔｏ先生感謝っす。

え？　失敗しても精一杯やることに意義があるのが青春だって？　知るか！　そんな童貞みたいなこと誰が言ってたんだよ！　恋愛ってのは大人の駆け引きなんだよ！　恋愛メンタリストが断言してんだから間違いないんだよ！　青春の定義なんてどうでもいいわ！

やめだやめ。この階段を上るのはまだ早い。不良漫画に出てくるさすらいの転校生じゃないんだから。急ピッチでテッペン取りに行く必要なんてないんだよ。

と――――そんなこんなで、結局、今さら教室に戻るのも気が引けた俺は、一人で学食に来ているというわけだ。決して、今さら臆病《おくびょう》になった童貞の末路なんてことではない。駆け引きをした結果、食堂にいるのだ。ふー、ギリギリの引き際だったぜ！

それにしても、さぬきうどんうめー。十一年前はラーメンだのカツカレーだのばかり注文してたけど、学食で一番うまいのうどんだったわ。十一年越しに発見したわ。やっぱうどんだわ。重たすぎなくてちょうどいいわ。

「やっぱここで一番美味《おい》しいのうどんよね」

「そうですね。いやー、この歳《とし》になってようやく気付きましたよ」

「もう、この歳って、七哉くんまだ一年生でしょ？」

「あはは、そうでした。俺は今、高校一年生……って上條先輩!?」

俺の前へ爽やかな香りを漂わせて、上條透花が現れた。横髪を耳にかけながらテーブルにお盆を置き、そのまま俺の隣に座る。お盆の上には同じく、さぬきうどんだ。

「どどどどうしたんですか急に」

「どうしたってご飯食べに来たんだよ。そうしたら七哉くんいたから」

「いや、でも席こんなに空《す》いてるんですから、わざわざ隣に座らなくても」

「だって七哉くんとお喋りしながら食べたかったんだもん。それともお姉さんと一緒じゃ嫌かしら?」

俺の顔を覗き込むように体を寄せる課長。近付くたびに彼女の香りが濃さを増し俺の体へと充満していく。まるで麻薬だ。

「嫌だとか、めっそうもございません。嬉《うれ》しいです。最高です」

「本当そういうことばかり言ってるとキュンキュンしすぎてキュントピアに旅立っちゃうぞ」

キュントピアってなに⁉　俺も一緒に行きたい!　かわいい!

「本当は俺も上條先輩ともっと仲良くなりたくて、お昼誘おうと思ってたんですけど、昨日の今日で迷惑かなと思いましてですね、はい」

すると課長が急に俺のブレザーの袖《そで》をつまんで言った。

「迷惑じゃないよ?」

その上目遣《うわめづか》いは反則だ!

「あ、ありがとうございます。そう言っていただくと光栄です」

「透花も、もっと七哉くんとお話しして、仲良くなりたいな」

潤《うる》んだ瞳《ひとみ》がまっすぐと俺のハートをつかんで離さない。透花て。課長が自分のこと透花だなんて呼んだところ見たことないぞ。高校時代の課長こんなにかわいいのかよ。マジで納品ミスしたときの俺に対する課長とは別人だぞ。鬼のような目で俺を睨みながら、「私がそばにいないとあなたはなにもできないのね、まったく。本当、これじゃあ私が付きっきりでそばにいないとダメかしら。一からＯＪＴ研修する？　私のそばで」って、まるで新人にするみたいな説教を何度されたか……。思い出しただけで胃がキリキリしてきた。まあ、それは俺が悪いし、毎回完璧なフォローをしてくれる課長はさすがなんだけど。そんな鬼の目をしていた課長が、今は対照的に天使のような目で俺を見ている。

「た、た、食べましょうか。麺《めん》が伸びちゃいますし」

「そうね！　いっただきまーす」

ふー、これ以上見つめられたら押し倒してしまうところだったぜ。いつもの課長だったら逆に袈裟《けさ》固《がた》めでも決められて返《かえ》り討《う》ちにあいそうだが、この課長ならいける気がする。いくな。高校生相手にアホか俺は、犯罪だ。あれ、でも俺も今は高校生だから犯罪じゃない!?　合法!?　いや犯罪だよバカ！

「って、なにやってるんですか上條先輩!?」

「なにって、七味唐辛子《しちみとうがらし》入れてるだけよ？」

「いや、量！　七味の山ができてるじゃないですか！」

「うん、つくったの、山。綺麗でしょ？」

「頭イカれた芸術家かよ！」

そういえばタイムリープ前日の飲みでも揚げ出し豆腐に大量のカラシ付けてたな。酔っ払ってたんじゃなくて本当に味覚がヤバいだけだったのか、この人は。

「美味しいよ？　食べる？　ふーっ、ふーっ。はい、あーん」

「食べませんよ！　俺も同じさぬきうどん食べてんでしょうが！」

「そっかー、間接キスになっちゃうもんね」

「食べます。すぐに食べます。そのまま口にぶっこんでください」

「残念、時間切れ！　もう、あげませーん」

課長がくちびるをとがらせて、そっぽを向く。

「上條先輩すみません、一瞬席外しますね」

食堂を出て中庭に向かう俺。

「かわいいかよっちくしょー!!」

今日一の大声で叫び終わり、食堂へ戻った。

「あ、もう帰ってきた。どうしたの？　トイレ？」

「いえ、なんでもありません。失礼しました」

席に着いた俺は何事もなかったかのように再びうどんをすすった。課長のうどんを覗いてみれば、薄味のはずの汁が真っ赤に染まっていた。地獄うどんだ。

「そういえば、そろそろ生徒会選挙の時期ですね。上條先輩は立候補したりするんですか？」

立候補することなど知っている。俺がすごした一度目の高校生活では課長が生徒会長をやっていたのだから、当たり前の話だ。生徒会選挙に立候補せず生徒会長にはなれないだろ？

知っているのに白々しく聞いたのには理由がある。

応援会長だ。

うちの学校は立候補した生徒に応援会を設《もう》ける制度があり、そこへ所属する生徒は立候補者をサポートできる。まあ、応援会といっても各立候補者に対して所属人数は一人か、二人、多くて三人だ。いわゆる推薦者のような立ち位置になる。なので応援会に所属すると必然的にほぼ応援会長となれる。

では具体的に応援会がなにをするのかというと、選挙ポスターをつくって掲示したり、ビラを配ったり、選挙当日の推薦スピーチをしたりと、極一般的なサポート業務である。

しかし、その一般的な業務を行うということは、選挙期間中、応援会は常に立候補者と行動を共にするということなのだ。

つまり、課長とお近付きになり、サポートをすることで恩も売れる一石二鳥チャンスなのである。

俺は応援会長となるため、課長が生徒会長になることを知りつつあえて話題を振ったのだ。歴史の情報を利用する、これぞタイムリープチート。攻略ウィキ見ながらギャルゲー二週目。最強だな俺。

「しないよ？」

「そうですよね、上條先輩なら校内の人気もありますし、リーダーシップ抜群ですからね。

いや、実は俺、前から上條先輩のそういうとこ見てたりしたんですよ、あははって、しないの⁉」

「うん、しないよ」

「なぜ！　え、ちょっと待って、え、なぜ！」

「逆になんでそこまで自信ありげに七哉くんは私が生徒会長に立候補すると思ってるの？」

いや、ごもっともな意見だけど、でも歴史でそうなってるし。かといって「上條先輩は生徒会長になる運命なんです。そう歴史で決まってるんです」なんて言ったらオカルトマニアと勘違いされてもおかしくない。

「本当にしないんですか？　理由だけ聞かせてくれませんか？」

「青春したいからかな」

「青春？」

なんだ課長らしからぬ言葉が出てきたぞ。

「うん。生徒会に精を出す高校生活、確かにそれも青春かもしれない。そう思ってた時期もあった。でも……でも、私が本当にしたい青春は違うの！」

俺の目をまっすぐな瞳で見つめ課長は語尾を強めた。熱がこもっているのか少し顔が赤い。

これもバタフライ効果が及ぼす影響なのか。俺が課長と接点を持ったことによって歴史が変わってしまった？　根本的な理由はわからない。なにかが課長の心境に少しずつ変化を与え、結果となって表れた。そのキッカケが俺だという可能性は十分にある。

なんだか少しモヤっとする。

応援会長ができなくなる！　ってわけじゃない。もちろん、それもあるにはあるけど、そうじゃない。

課長ほど人をまとめる才能がある人間はそういない。能力のある人間は上に立つべきだ。組織とはそういうものだ。どうにも社会人の意識が抜けないのか、課長が生徒会長にならないことがもったいなく感じてしまう。やっぱり彼女はリーダーになるべきなんじゃないか。

うん、そうだ。

「やっぱり生徒会長に立候補するべきです！　課長がやらなくて誰がやるんですか！」

「さっきからどうしたの七哉くん？　そんなに選挙のことに真剣になって……ん？　課長……？」

しまった、熱がこもりすぎて、つい癖《くせ》で課長と呼んでしまった。

「あ、いえ、すみません、ちょっと熱くなっちゃって、また噛んじゃいました」

「そ、そう……。かみじょうとかちょうって似てるもんね……」

「あはは、そうですね」

「うんうん、そうだよね！」

「すみません、昨日といい、今日といい」

「ううん、大丈夫よ……あ、そういえば下野くん、先週に頼んでた棚卸《たなおろ》し用のリストってつくってくれた？」

「ああ、それなら金曜のうちに終わらせて作業フォルダーに入れてありますよ……ん、あれ？」

急に訪れた違和感を脳が整理する間もなく、俺の肩を課長が両手で強くつかむ。そして、顔を真《ま》っ青《さお》にしながら激しく揺さぶった。

「やっぱり！」

「え⁉」

「あ、あ、あ、あ、あ、あ、あ、あなた、もしかして、しししししぃ、し、下野くん⁉」

「そ、そうですけど今さらなにを言ってるんですか上條先輩⁉　やっぱ地獄うどん辛すぎたんじゃないですか⁉」

「違う！　そうじゃなくて！　あなた株式会社ジーオータム商事、第一営業部、営業課に所属する下野くんかって聞いているの‼」

「え……はい……え⁉　ええ⁉　ああ！　棚卸し用のリストって！　ま、まさか……⁉」

「ああああああああああ！　下野くんに見られたぁああああ！」

「え、ちょっと待ってください上條先輩！　もしかして上條先輩は、あの課長なんですか……⁉」

「うるさいうるさいうるさい！　嘘だ嘘だ嘘だー！　ああああーーータイムリープしたの

私だけじゃないの⁉」

　驚愕の事実発覚。課長は課長だった。

「課長なんですか⁉　課長なんですよね⁉」

　俺の言葉も届かないのか、食堂の床に寝ころび転がり始める課長。やめて！　そんな課長見たくない！　てか、みんなすごいこっち見てる！

「全部ううう！　下野くんに見られてたあああ！　しぬ！　しぬうううう！　うええええええええ‼　もう、しぬしかないいいいいいいい‼」

　これほどまでに取り乱した課長を見たことのない俺は混乱しつつ、転がる彼女に諦めず声をかける。

「課長！　気を確かに！　落ち着いてください！」

　自分もパニックだが、まず俺以上にパニクっている課長を止めなければ。

「しぬの！　私はもうしぬの！　アーメンありがとうママ、パパ。アーメンおお神よ！　しぬううううううううう！」

　周りの視線を集めながら、猛ダッシュで食堂を出る課長。

「あ、課長待って！」

　俺はすかさずそれを追った。

　どうやら、タイムリープをしていたのは、俺だけじゃなかったらしい。

食堂を抜けしばらく辺りを探していると、昇降口の脇へ設置された自動販売機にガンッガンッと頭を打ち付けている課長を見つけた。

俺は慌てて彼女のもとへ向かい、ヘドバン中の頭を止めようと試みる。

「ストップ！　頭割れちゃいますよ！　人間の頭蓋骨《ずがいこつ》じゃ自動販売機は破壊できません！」

「破壊してるのはこの頭よ！」

「なおさらやめてください！」

課長の両脇《りょうわき》を抱え、自動販売機から離れる。暴《あば》れる彼女をなだめながら、近くにあったベンチへ座らせた。

「はぁ、はぁ、疲れた」

「くぅ……」

子犬のような悲しげな声が課長の口からもれる。ひとまず落ち着いたと判断した俺は、改めて確認しなければいけないことを聞いた。

「課長……でいいんですよね？」

「なんのこと七哉くん？　言っていることがわからないわ。それ、エビデンスあるの？」

「まごうことなき課長じゃないですか！　エビデンスなんてワード使う高校生いないよ！」

「うるさい！　うるさい！　上司にタメ口使うなんていつからそんなにえらくなったのかしら下野くん！」

「はい、すみません課長……って認めた！　認めましたよね！　てか昨日タメ口使ってほしいって自分が言ってたじゃないですか！」

「あれは透花が七哉くんに言ったの！　私は下野くんに言ってない！」

「理解不能すぎて怖い！　二重人格なの⁉　課長、変な立体パズルとか組み立ててないですよね⁉」

「うう……あなた、本当に下野くんで間違いないのよね……？」

　課長が複雑そうな表情でこちらを睨む。その目にはうっすらと涙が浮かんでいた。

「はい、十一年後で課長の部下だった、二十七歳の下野七哉です」

「タイムリープしてるってことよね？」

「多分、そういうことかと。課長も……ってことですよね」

「そうよ。いつから？」

「と、言いますと？」

「いつからタイムリープしてたのか聞いているのよ！」

「ああ、すみません！　えっと、昨日の朝からです」

「詰んでるじゃないの！」

「どういう意味ですか？」

「完全に詰んでるじゃないの！」

「だから詰んでるってどういう意味ですか？」

「うるさい！」

ここまで話した結果。うん、いつもの課長だ。やっぱりあんなデレデレの女子が課長なわけなかったのだ。だとすると、いったい昨日からの課長は……？

「あのー、昨日からの課長のキャラなんだったのでしょうか？」

「それ本人に聞く⁉」

「だってわからないことあったらすぐ聞きなさいって、いつも課長が」

「時と場合を考えなさい！　あなたこそ急に教室まで来て友達になりたいだなんて、タイムリープしてたくせにどういう目論見《もくろみ》よ！」

「それは……」

ストレートに課長が憧れの先輩だったからなんてことはさすがに言えない。

「な、なによ」

「俺、本当は課長が同じ高校だったこと知ってて、だけど課長は俺のことなんて覚えてなかったし、せっかく高校時代に戻れたなら今度はちゃんと覚えてもらおうと思って」

「ふ、ふーん。そ、そう。確かにあなたが教室に来たときはビックリしたわ。高校時代の下野くん見たらちょっとかわいいなって思っちゃって、ああいう接し方したの。いつもの下野くんなら別だけど十六歳の少年を無下《むげ》にするわけにもいかないでしょ？」

「なるほど……それであんなに優しかったんですね」

「そ、そうよ！　うん、そうなの！　当たり前でしょ、いつもの下野くんに私があんなデレデレするように見える？」

「いや、それだけはありえないですね」

「でしょでしょ！　だから今までのことは忘れなさい。ね？」

「は〜、優しい課長すごくかわいかったのに……」

「え⁉　そうなの⁉」

あ、しまった。つい本音が……、怒られる！

「いや、いつもの課長が怖いとかそういうわけじゃなくてですね！　ああいう課長も魅力的というか、なんというか」

「そ、そうなんだ、ふーん」

あれ、あまり怒ってないのか？

でもやっぱり、今までの態度には理由があったのか。あの課長相手に脈ありだなんて、そんなうまい話あるわけなかったのだ。あくまで高校生の下野七哉に課長は接していた。ようは、子供に接していたのだ。

「まあ、でもなんか課長がいつもの課長だって知って少しホッとしました。あまり親しくない友人に呼ばれた結婚式で同級生に会ったときの安心感というか」

「わかりにくい例えね。いつも、プレゼンはいかに先方にわかりやすくシンプルに伝えるかが大事って言ってるじゃない。そんなわかりにくい例え……っ、付き合いの長い私くらいしかわからないわよ」

といっても本当にそんな気分であることは間違いないのだ。俺のタイムリープ強くてニュー青春大作戦は二日目にして敗北に終わったわけで、相当ガッカリもしてるのだが。上條透花の中身が課長だったことに若干《じゃっかん》ばかりの安心感を覚えている。

どうやら俺は生粋の部下気質らしい。

そんなことを考えていると課長が急に立ち上がり言った。

「とにかく、私ちょっとまだ混乱してるから、ここで失礼するわ。ちょっと一人でゆっくり考えさせて」

「あ、はい。お疲れ様です」

「会社じゃないんだからお疲れ様はやめなさい！」

フラフラしながら去っていく課長の背中を見送りながら、俺は食堂の食器がそのままだったことを思い出す。

「やっぱり、課長って怖いなぁ」

小さくもらして、俺が食堂に戻ろうとすると、なにやら爽やかな香りと共に背後から嫌な殺気を感じた。とっさに俺は振り返る。

「げっ、課長！」

課長がくるりと踵《きびす》を返し、ものすごいスピードで俺の目前まで迫っていた。さっきの独《ひと》り言《ごと》聞かれたか⁉

「げってなによ、げって」

「いや、その……どうしたんですか？」

幸い、怖いともらした発言までは聞こえていなかったようだ。

「うどん、まだ食べてる途中だったから」

「ああ、俺も食器片付けなきゃって思ってたところです。課長の食器も片付けとくからいいですよ」

「課長って言うな！　片付けないでよ、まだ食べるんだから」

「え、でも多分もう完全に麺伸びてると思いますよ」

「いいの！　食べるの！」

と、同時にグーっと課長のお腹《なか》からかわいらしい音が鳴った。

課長は顔を真っ赤にする。

「じゃあ、行きましょうか」

「う、うん……」

俺から目をそらして小さくうなずく課長。鬼の課長も食欲には勝てないらしい。

俺は食堂へ戻る前に、一つだけ気になってたことを課長に聞いた。

「あの……課長って味オンチなんですか?」

「はあ⁉　なによ急に!」

「うどんに七味入れすぎですよ。この前も揚げ出し豆腐にカラシ大量に付けるし。体に悪いですよ?」

「だって美味しいんだもん!」

いや、だもんって。あんた中身もう二十八歳のいい大人でしょうが。なんて思いつつ、ほおをふくらます課長の反則級なかわいさに、ついドキドキしてしまう俺である。

結局、食堂に戻った俺と課長は二人で伸びきったうどんを食べたのであった。

第2章　本当はデレデレしたい上條透花のタイムリープ日記

Why is my strict boss melted by me ?

私、上條透花《かみじょうとうか》は焼酎が好きだ。けれど二十八歳の女が焼酎ばかり飲んでいるとおじさんくさいと思われるかもしれない。だから今日に限っては、レモンサワーで通すつもりだ。レモンサワーならギリかわいいんじゃないかな？　ビールだとおじさんくささが焼酎とそう変わらない気もするし、かといって、さすがにカシスなんちゃらだのカルーアなんちゃらだのは甘すぎて無理だ。レモンサワーで勘弁してほしい。本当は芋焼酎が飲みたいところを我慢してるんだから。

そもそも急にサシで女子を飲みに誘うだなんて、まったくこの部下には困ったものだ。こっちだってコンディションってもんがあるんだ。あんまり化粧直しする時間もなかったけれど大丈夫だろうか。タイツに伝線とか入ってないよね？　気になる……一回家に帰って確認したい。ついでに勝負下着に着替えてきたい！　大衆居酒屋のテーブル席で私はレモンサワーを喉《のど》に流し込みながら、いらぬ心配までし始める。

「課長、今日は本当にありがとうございました。次々に手際《てぎわ》よくメンテナンスしていく課長、かっこよかったです！」

「そ、そう？　まあ、次は事前準備を怠《おこた》らないようにね。これでも下野《しもの》くんの人懐《ひとなつ》っこさを買って大口の担当任せたんだから。期待に応《こた》えてよね」

「そうだったんですか、ありがとうございます！」

くそぅ……下野七哉《ななや》、いちいち反応がかわいい。

仕事は確かにドジが多いけれど、この人懐っこい性格とまっすぐな誠実さで、取引先からも評判がとてもいい。大口を任せたのはしっかりと彼の実力を見込んでの判断だ。失敗しても責任は私が取る。それが管理職の役目なのだから。

「課長その揚げ出し豆腐、カラシ付けすぎじゃないですか？」

「え、そう？　お酒飲んでるから味なんてもうわからないわよ」

「あはは。あ、課長グラス空《あ》いてますね。なに飲まれます？」

「別に気使わなくてもいいわよ、自分で頼むから。そういうとこ律儀ね。すみませーんレモンサワー一つ！」

私は手を挙げて店員さんに声をかけた。水曜の夜だというのに店内はにぎやかだ。

「課長、今日は焼酎いかないんですか？　いつも係長とここの芋は最高だなんて言ってるじゃないですか」

「うるさいわね！　別に私がなに飲もうと勝手でしょう！」

あえてレモンサワー飲んでんのよ！　わかりなさいよ、まったく！　ああ、この子相手にかわいらしさを気にするなんて無駄かもしれない。

額《ひたい》に手を付き、ため息をもらすと、下野くんがぽけーっとこちらを見つめてくる。口が開いてる。子供か！

「な、なによ？　顔になんか付いてる？」

「いや、綺麗《きれい》だなと思って」

「は、は、は、はあ⁉　なに言ってるの急に！　バカなの⁉　そうやって今から私を口説《くど》いて、酔わせて、夜のホテル街にお持ち帰りして、一発やろうって魂胆⁉　俺《おれ》のマグナムが火を噴くぜってハードボイルドよろしく気取っちゃってるの⁉　あ、それでさっき焼酎すめてきたわけね。正解、わかりました、はい、上條課長正解です、ありがとうございます！　残念、あなたの負けよ！　なぜなら上條課長が正解しちゃったからね！　あなたはそうやって女の子の顔見ては褒《ほ》めてるんでしょう？　この人たらしが！」

ふいな彼の言葉に私は顔を真《ま》っ赤《か》に染める。もともとアルコールが入るとすぐに顔に出るタイプなので悟られまい。ていうかこの男はなんなのだ。プレーリードッグみたいなかわいい顔して案外やり手の遊び人なのか。こうもサラッと人のこと綺麗だなんて言って、え？　そんなんで私がやすやす落ちるとでも？　好き！

「勘違いですよ、課長。顔じゃなくて爪《つめ》ですよ爪！　ネイルやられたばかりですよね」

「爪て‼」

顔じゃないんかい！　どんだけ私に恥をかかせる気よ。自爆も自爆でいいとこじゃない。めちゃくちゃ恥ずかしいじゃない！　てか爪は爪でそんなとこまで見てくれて余計に嬉《うれ》しいわ！　好き！

「あ、もちろん顔もお綺麗ですよ」

「ぶっ殺すわよあなた」

好き！

「ひっ、すみません、調子にのりすぎました」

そう、私、上條透花は部下である下野七哉、彼のことが好きなのである。片思いってやつだ。

しかし、上司が部下を好きだなんて迫ることはなかなか勇気のいること。昨今では、愛の告白すらセクハラやパワハラに該当するらしいのだ。うん、本当は普通に振られるのが怖いだけだよ、そうだよ。

それに、どうやら彼には忘れられない女性がいるらしい。忘年会やらで何回か直接聞いた話だから間違いない。高校時代の先輩だとのこと。

ふっ、悲しきかな私も一応、彼の高校の先輩なのだけれど。下野くんが入社してきたとき、私はすぐに気付いたのだが、彼は一切《いっさい》その話を振ってこないので、多分、私のことなど覚えていないのだろう。これでも生徒会長だったのに。まあ、接点もなければいくら生徒会長でも記憶に残らないのかもしれない。悔しい。

その腹いせに私は仕事中つい彼に厳しく当たってしまう。そうだ、公私混同ってやつだ。しょうがないじゃない！　素直になれないのよ！　ツンデレってやつでしょ？　かわいいでしょ？　わかってるわよ、かわいくなんてないわよ。

だから、こんなダメ上司でも慕《した》ってくれて、飲みに誘ってくれる下野くんに、私はやはりどうしようもなく、惚《ほ》れてしまっているのだ。

◆

やばい、酔っ払った。さすがに梯子《はしご》三軒はキツい。でも、頑張るんだ。まだまだ。下野くんと二人きりだなんてチャンスそうそうないんだから。

まだ行くぞー。

と、意気込んでいるのに、下野くんが帰ろうとしている。次の日も仕事？　知るか！　私をなめるな、上條透花課長だぞ。三時間寝ればベストパフォーマンス見せてやれるわ。

千鳥足《ちどりあし》で歩く私の肩を下野くんがガシっと力強く抱える。やばい、照れる。けっこう腕しっかりしてるんだ。着やせするタイプなのか。酔っ払った勢いで褒めてみようかな。うー、恥ずかしくて言えるわけない。

もうだいぶ夜もふけているのか冷え込んだ空気で少し寒かったので、肩を抱かれて温かい。

彼のスーツからは居酒屋の残り香がする。なんだか安心してしまう。

それにしてもやけに介抱が上手《うま》いな下野くん。もしかして、

「いつもこうやって女をたぶらかしてるのか下野はー」

私がほほをふくらますと、自分はモテないからなどと言い訳が飛んでくる。事務の高野《たかの》さんや鈴木《すずき》さんにモテてるじゃないの。この子、鈍感なのか、それとも自己評価が低くて謙虚なのか。それでもって、早々と話題をそらして私がモテるだのと言ってくる。

「興味ない」

私は他《ほか》の男に興味などないのだ。ずっとずっと、下野くん以外には、

「興味ない！」

まったく、女子にこんなこと言わせるな、まったくまったく。

「あなたはどうなのよ」

「え？」

「あなたは恋愛とか興味あるのかって聞いているの」

聞いてやった！　聞いてやったぞー。お返しだ。さあ、答えろ下野ー！

なに？　仕事一筋？　そういうのいらないのよ！　ちゃんと答えろ！

「そりゃ、高校のときは憧《あこが》れの人がいたりもしましたけど……」

唖然《あぜん》。またその話！　ムカつくムカつく！　私のことは覚えてなかったくせに、その子の

話ばかり！　悔しい……悔しいよ……。なんで私は高校のときにもっと下野くんにアピールできなかったのだろう。ただ遠くから見ているだけ。どうしても素直になれない。自分の性格が憎い。

ああ、なんか気持ち悪くなってきた。

だめだ……。

「大丈夫ですか課長！」

◆

数分経《た》っただろうか。下野くんのおかげでだいぶ気持ち悪さも落ち着いた。彼の前で吐くなんてことにならなくてよかった。

しかし、ここはどこだろう。神社？　神社なんてここら辺にはなかったはずだけれど。

神社か……お参りしようかな。お祈りするだけならタダだろう。

うん、しよう！　しようしよう！

「お参りすりりゅー！」

私はスキップしながら拝殿へ向かう。

「もう課長、あんまりはしゃぐとまた気持ち悪くなりますよ」

どこまでも優しい子ね。優しすぎると社会ではやってけないわよ。そこが好きなんだけど。

さあ、お祈りしましょう。

賽銭《さいせん》を入れて二拝二拍手。綺麗な星空の下。なんだかロマンチックだ。こう見えて意外と私は乙女《おとめ》なのだ。

隣に立つ彼は、なにを願うのだろうか。やっぱり出世とか?

憧れの人にもう一度会いたいだなんて願っていたら嫉妬《しっと》でおかしくなりそうなので、これ以上は考えるのはよそう。

私の願いは一つ。

この素直になれない性格を変えたい。

ついでにおまけしてくれるなら神様。

どうか高校時代に戻してくれませんでしょうか。

そうしたら性格のほうは自分でどうにかします。

今度こそ、下野くんに猛アピールします。

やっぱり現実ではツンデレより、デレデレの女子が勝つんだ。

二十八歳になりようやくそれがわかりました。

だから、神様、もう一度だけ、私にやり直すチャンスをください。

なんて……。

やはり私は、酔いが回っているらしい。

◆

翌日。日が少し傾《かたむ》きかけた十六時すぎ。私は帰り支度《じたく》をしていた。

定時前なのに帰宅の準備をしているのには理由がある。私は今、会社でなく学校にいるのだ。下校時刻だから帰る。自然である。

朝の出来事。私は目を覚ますと十一年前へとタイムリープしていた。

あらゆる状況証拠から下した判断なので間違いない。

驚きはしたが、正直受け入れがたいとまではいかない。私は非現実的な現象、例えば心霊だったり未確認生物だったり、運命だったり、そういったものを信じるたちだ。なぜって、だってそっちのほうがロマンチックじゃない。

だからタイムリープも、もちろん信じる。うっすらと昨夜の記憶が残っている。確か神社にいた。見覚えのない神社。あそこが明らかに怪しい。私は神社で高校時代に戻りたいと願った。恐らくその願いが叶《かな》ったのだ。あの不思議な神社は願いを叶えてくれる神社に違いない。絶対そうだ。なんてロマンチック。神様ありがとう、ラブ、愛してる。

せっかくロマンチックなプレゼントを神様からいただいたのだから、宣言どおり私は今度こそ頑張る。下野くんに猛アピールしてやるのだ。

そう思い、終礼のホームルームが終わるや否《いな》や私は素早く机の中に入れていた教科書類をカバンにしまい込み、席を立とうとした。下の階には十六歳の下野くんがいるはず。彼が下校してしまう前に、一年生の教室まで行き、一緒に帰ろうと誘うつもりなのだ。

まずは接点を持たなければなにも始まらない。

「おーい、透花ー！　こいつおまえに用があるみたいだぞー！」

急にクラスメートの男子から声をかけられる。チャラめの男子だ。誰《だれ》だっけ。十一年も前のことだし名前は覚えていない。高校時代は生徒会やら受験勉強やらで忙しくて、下野くん以外の他人にはあまり興味なかったからな。

男子の声がしたほうを見てみると、教室の入り口付近。声の主と、もう一人クラスメートのギャルっぽい女子に挟まれて（こっちは名前を覚えている。確か真田《さなだ》さん）、一人かわいい男子が肩を丸めて立っていた。ネクタイの色が私たちの赤と違い、青色をしているので一年生か。なんだか見覚えのある……。

あれ、まさか。

私は固まった。

下野くんだ。間違いない、高校生の下野七哉くん。かわいい。めちゃくちゃかわいい！

やばい、私ショタコンの気質あったのか？　いや、落ち着け、私だって今は高校二年生。昨日までと変わらず下野くんとは一つしか違わない。

私は興奮を周りに悟られぬよう、あえて動作をゆっくりとし気持ちのセルフコントロールをしながら席を立った。

そしてカバンを抱えたまま一歩ずつ彼のもとへ歩いていく。

ものすごく見られている。落ち着け、落ち着け透花。大丈夫、これは逆にチャンスだ。こちらから行く手間が省《はぶ》けたのだ。わざわざ向こうから来てくれて……。

あれ、なんで下野くんは私に用があると、この教室にいるんだ？　私と下野くんは高校生活で接点はなかったはず。いや、厳密にいえば一度だけ接点はあったが、それはまだ先の話。こんなイベントは歴史上起こっていない。タイムリープによるなにかしらの影響？

やばいテンパってきた。もう下野くんとの距離はわずか。ええい、ままよ！　このまま話しかけるのよ透花！　あくまで冷静に、表情は崩さず。自然に話しかけるの！

「あああああ、あの、俺一年の下野七哉って、言います！　上條先輩、俺と、友達になってください！」

時が止まった。

足じゃない。『時』が止まったのだ。

もう私の脳に空き容量はなかった。

完全に真っ白な頭はスリープ状態に移行する。

が、無理やり脳みそをマウスでかきまわすよう乱雑に巡らせ、スリープ状態から復帰させる。

もういい。あれこれ考えてる暇はない。なにがどうあれ接点を持つ。これを最優先に行動へ移すのだ。取引先から買いサインが出てるならクロージングをかけるまで。

って一大決心をしているのに脇《わき》の二人がうるさい。集中できない。邪魔するな。

「ちょっと、うるさい」

静かに私が言うと、

「はい！　すみません！」

と、なぜか下野くんから返事。違う。

「君じゃない、横の二人。くだらないことではしゃがないでくれる」

かわいい高校生下野くんいじめるんじゃないわよ。

私は高鳴る鼓動を抑えながら言った。

「下野七哉くん。じゃ、友達になった記念で一緒に帰ろっか」

よっしゃ言えたー!!　やったわ透花!!　よくやった!!

教室中が騒いでいるがそんなことどうだっていい。

行くわ！　ここから上條透花のやり直しデレデレ作戦、始まりよ!!

◆

ガンッ――ガンッ――。

タイムリープしてから二日目の正午。

ガンッ――ガンッ――。

たった二日ですべてが終わった。

ガンッ――ガンッ――。

いや、終わったどころかマイナスだ。タイムリープして戻らなかったほうがよかったまである。

ガンッ――。

「ストップ！　頭割れちゃいますよ！　人間の頭蓋骨じゃ自動販売機は破壊できません！」

自動販売機に打ち付けていた頭を止めるため下野くんが私の体を押さえる。

まさか。

まさか。

まさか、下野くんもタイムリープしてただなんて！

そんなことある⁉　もしこれがフィクションなら脚本家呼び出してけちょんけちょんに

罵《ののし》ってやりたいわ。二人ともタイムリープしてたらやり直せないじゃないの。意味ないじゃないの！

いや、そんなこと些細《ささい》な問題だ。それよりも、下野くんもタイムリープしてたことに気付けなかった私の昨日からの言動。デレデレとアピールしていた私を全部、部下の彼に見られていたのだ。

切腹。切腹させてほしい！

恥ずかしいいいいいいいい！　ふざけんな！　あの神社の神いるなら出てこいや！　なにしてくれてんねん！　ミスか？　ミスなのか⁉　ミスなら上司出しなさい！　責任取るのが上司の務めよ！　神の上司は誰？　天照《アマテラス》？　ゼウス？　なんでもいいわ！　出てきてよー。

私の青春返してよー。ううう。

「あの、昨日からの課長のキャラなんだったのでしょうか？」

自動販売機の脇に設置されたベンチに座り、少し落ち着いたところで下野くんが質問してきた。

この男……。それ聞くかよ！

だいたい、下野くんが先に来たんじゃない。

そうよ、この子もタイムリープしてたならなんで私のところへ来たの？

「課長が同じ高校だったこと知ってて、だけど課長は俺のことなんて覚えてなかったし、今度はちゃんと覚えてもらおうと思って」

隣で座る下野くんはいつもみたいに困り顔で私の問いに答える。

そうだったの？　私のこと覚えてたんだ。そりゃ生徒会長だもんね。さすがに覚えていたか。なんだ、そうだったのか。へ、へえ。それで高校生に戻ったから私に覚えてもらおうとしたんだ。へえ。

まだイケる！

これ、まだイケるんじゃない⁉　ワンチャンあるんじゃない⁉

下野くんは少なくとも私に対してそこまで嫌悪《けんお》感を抱いていない。正直イヤな上司と思われていないか日ごろから不安だったけど、これ逆に好感持たれてるまであるんじゃない⁉

ならば自然に、昨日からの私がただのストーカーばりの気持ち悪い女と思われないよう、上手い理由を付ければ、まだ軌道修正可能だ。こういうときに即席でそれっぽい言い訳するのは得意なのよ。

「なるほど……それであんなに優しかったんですね」

「そ、そうよ！　うん、そうなの！　当たり前でしょ、いつもの下野くんに私があんなデレデレするように見える？」

「いや、それだけはありえないですね」

「でしょでしょ！　だから今までのことは忘れなさい。ね？」

さすが私ね。なんとか誤魔化《ごまか》せたわ。

「は～、優しい課長すごくかわいかったのに……」

え、そうなの⁉　なんだかんだアピール効果あったんじゃない！　え、めっちゃ嬉しい！

だったら話は変わってくるわ。とりあえず帰ってからゆっくり作戦を練り直そう。

そうよ、ここでアピールをやめてたって、また同じ十一年後を迎えるだけ。

彼の言う憧れの先輩とやらが現れる前に、絶対に落としてみせるんだから。

上條透花、まだまだデレデレやめません！

『グ～っ。』

うん、その前に、途中で残してるうどんを食べに戻ろう。

腹が減っては戦《いくさ》ができぬというやつである。

上條透花のモーニングルーティーン

社会人時代 平日編

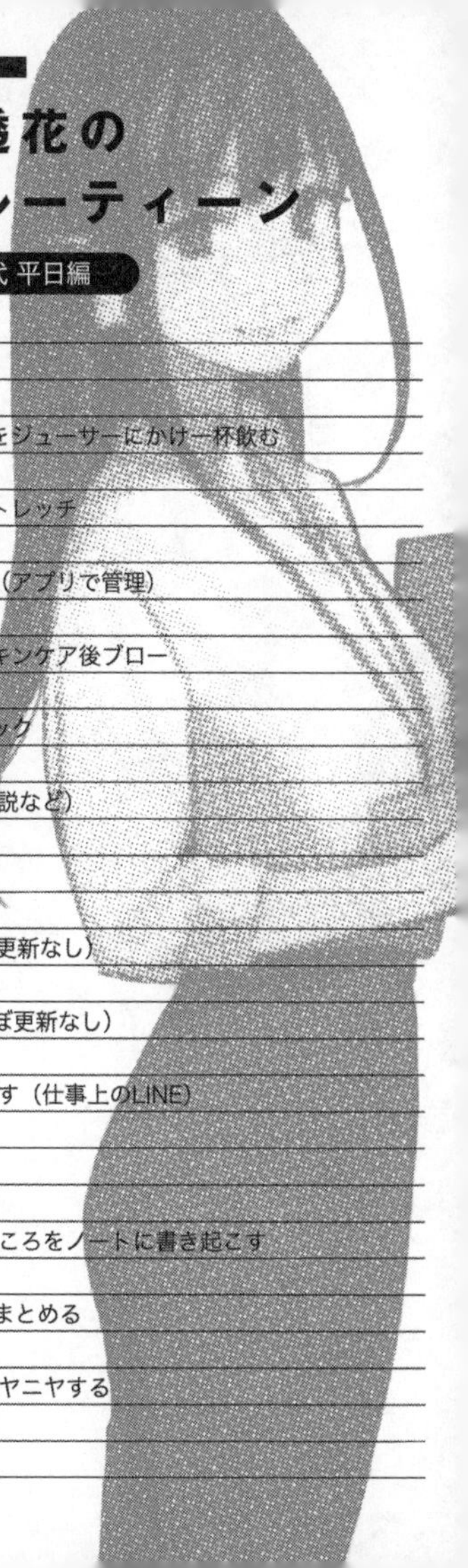

AM 05:30	起床＆歯磨き
AM 05:35	キッチンにて野菜とフルーツをジューサーにかけ一杯飲む
AM 05:40	リビングにマットを敷き、ストレッチ
AM 06:00	軽くシャワー＆体重チェック（アプリで管理）
AM 06:10	タオルドライのまま洗顔＆スキンケア後ブロー
AM 06:25	朝食＆アプリでニュースチェック
AM 06:50	10分間読書（ビジネス書、小説など）
AM 07:00	メイク＆ヘアスタイリング
AM 07:40	下野のtwitterチェック（ほぼ更新なし）
AM 07:43	下野のインスタチェック（ほぼ更新なし）
AM 07:45	前日の下野とのLINEを読み返す（仕事上のLINE）
AM 07:46	ニヤニヤする
AM 07:47	LINEの返事で良くなかったところをノートに書き起こす
AM 07:50	書き起こした箇所の改善点をまとめる
AM 07:55	もう一回LINEを読み返してニヤニヤする
AM 08:00	出社

第3章 両片思いはやり直しをしきり直す

Why is my strict boss melted by me?

「まさか、俺《おれ》だけじゃなくて課長もタイムリープしてただなんて……」

高校時代にタイムリープした俺、下野七哉《しものななや》。その上司である上條透花《かみじょうとうか》も同じく高校時代にタイムリープしていたことが発覚した昨日。あまりの出来事に脳が追い付かない俺は朝を迎えるまで、ほとんど寝れていなかった。

目の下にクマをつくりながら校門をくぐる。こういう日に限ってやけに天気はよく、うざいくらいに陽射《ひざ》しがまぶしい。

「あっ」

昇降口で、同じようにクマをつくった女子とバッタリ会った。

「おはようございます課長」

一瞬の間があり、

「おはよー七哉くん！　こら、クマなんてつくって夜ふかしはダメだぞっ」

「え、そのキャラまだ続けるんですか?」

「うるさいわね！　キャラじゃない！　会社じゃないんだからいいじゃない！　私はピチピ

チの女子高生よ！」

　周りの目を気にしながら小声で怒る課長。確かにピチピチの女子高生だし、めちゃくちゃかわいいけど、中身は課長だしな。

「てか課長も目の下にクマつくってるじゃないですか」

「だから学校で課長って言うな！」

「えーでもなんて呼べばいいんですか？　今さら上條先輩だなんて恥ずかしいですよ」

「と、透花って呼べばいいじゃない」

「昨日から思ってましたけど、課長、高校生に戻ってからちょっとバカになってません？　俺の話聞いてました？」

「なによ！　ダメなの⁉」

「ダメです！」

「うう……それくらい別にいいじゃない、この鈍感バカ……！」

「なにゴニョゴニョ言ってるんですか？」

「うるさい！　じゃあ業務命令よ！　下野社員、私を透花と下の名前で呼びなさい！」

「ぐっ……自分で課長って呼ぶなと言ってたくせに、まさかタイムリープしてまで社会の圧を使うとは！　だけど、こ、ここは会社じゃないので拒否します！」

　よし、パワハラ上司にノーを突き付けてやったぞ。俺だっていつまでもイエスマンじゃないのだ。

「……わかったわよ。しゅん」

しゅんとしちゃった。言葉でしゅんと口に出しちゃったよ。かわいいな。

「課長もやっぱ昨日眠れなかったんですか?」

「そりゃ……まさか部下と一緒にタイムリープするなんて思ってなかったからね」

「ですねー」

「戻ってきた時間のポイントも同じ日ってことは、やっぱり原因はあの神社ね」

「神社?」

「え⁉ あなた覚えてないの⁉」

「それがあの日の記憶が曖昧《あいまい》で……いや待てよ……あー思い出しました! そうだ神社だ! 課長がゲボ吐きそうになって立ち寄った!」

「それは言わないでよ! 結果的に吐いてないでしょ!」

そうだ、そうだ。あの神社だ。思い出した。あそこで俺は課長との出会いをやり直したいと願ったんだ。

「ねえ、下野くん、なに黙ってるの? 私、吐いてないよね? ねえ、吐いてないよね⁉」

課長との出会いがいつかと言えば、高校時代。なるほど、合点がいく。どうやら神様は律儀に俺の願いを叶《かな》えてくれたらしい。ただ、課長も一緒じゃ意味ないんだよなぁ、神様。

「吐いたの⁉　記憶にないだけで私、あなたの前で吐いたの⁉　ねえ！　嘘《うそ》だよね⁉　嘘だと言って！　じゃなきゃ私は今からあなたの頭をなんらかの鈍器で殴打して記憶をねつ造しなければいけなくなるわ！」

「あ、すみません考えごとしてて話聞いてませんでした。なんか物騒な単語がチラホラと聞こえてたように思うんですが、気のせいでしょうか？」

「もう！　あなたマルチタスク苦手なんだから人と話すときは一つの話題に集中しなさいって、いつも言ってるでしょ！」

「はい、すみません課長！」

「課長って言うな！」

「だって課長が会社でするような話するからー。そんなに言うなら、ちょっとは高校生らしくしてくださいよ」

「さっきは『そのキャラ続けるんですか？』とか言ってたくせに……。わかったわ。なら、高校生らしいこと言ってあげる」

「課長……？」

　なんか急に目がマジになったぞ。

　朝の予鈴が鳴ると同時、上條透花が俺に向かって言った。

「下野くん、付き合って」

本当に高校生らしい言葉が飛び出した。

◆

うん、知ってた。この程度、想定の範囲内だよ。

放課後、俺は課長に付き合い駅前の小洒落《こじゃれ》た喫茶店《きっさてん》に来ていた。

こんなベタな勘違い展開、恋愛メンタリストＹｕｉｔｏ《ユイト》のヘビーリスナーである俺はすぐに気付いたね。あるある。そういう意味での付き合うじゃないってね。交際じゃなくて同行のほうね。うん、あるある。知ってる知ってる。

課長が朝、放ったあのセリフのあと、「あ、鐘鳴っちゃった、とりあえず放課後ね」とだけ言い残して校舎に消えていったその背中を見ながら放心状態になっていた俺が、放課後までひたすらに心臓を高鳴らせていたなんてことは決してない。決してないんだから！

「放課後に二人でお茶なんて高校生らしいでしょ？」

「課長、一つ言いますけど今日日《きょうび》、高校生がお茶なんてワード使わないんですよ。しかもブレンドコーヒー一杯一〇〇〇円もする喫茶店なんて、なおさら社会人しか来ませんよ！

店のチョイスがすでに高校生じゃない！　ちょっと浮いてるじゃないですか俺たち！」

　クラシックが流れ、高級感のある店内にはスーツを着た大人たちしかいない。心地のよい空調加減に、コーヒーのいい香りが漂《ただよ》っている。

「えー、ここのコーヒー美味《おい》しいのにー」

「もうちょっと若者のトレンドとか調べてください！　高校生はインスタ映《ば》えするカジュアルなカフェに出没するんです！」

「まーまーいいじゃない。えへへ、二人で向かい合ってコーヒー飲んでるとデートみたいだね。そのコーヒーはお姉さんからの奢《おご》りだぞ」

「え、本当に課長そのキャラいつまで続けるんですか。もう俺のことからかっても動揺しませんよ。外見は高校生でも中身は課長ってわかってるんですから。あ、コーヒーはごちそうさまです」

　ふん、もう騙《だま》されないんだからな。この人のことだ、きっと俺が昨日までしてた反応が予想以上におもしろかったから、今日になっても引き続きからかおうとしているに違いない。まったく、どんだけ子供に見られているのか。

　しかし、こんな冗談言われるほど男として見られていないとなると、この高校生活で課長を落とすことなど不可能に思えてきた。

「キャラじゃないわよ！　もともと私はこういう女子高生なの！　あなたちょっとムカつく

わね！」

「すみません！　調子にのりました！」

えー、逆ギレ⁉　やっぱ怖いよこの人。仕事以外だとどこで怒られるかわからないから余計やっかいだよ。

「まったく…。コーヒーおかわりする？　本当に奢るわよ」

「ありがたいんですけど、課長また高校生だってこと忘れてません？　そんなにお金ないでしょ？」

「大丈夫よ。私、五つ上の兄がいて、大学生のくせに起業してだいぶお金稼いでるの。だから、けっこうお小遣《こづか》いもらってるのよ。人からもらったお金使うのは主義じゃないけど、兄は別ね。肉親が稼いだお金なら経済回すために遠慮なく使うわ。もちろん高校時代にもらってたお金はちゃんと社会人になってから返したしね。まあ、今の私が言うと返す予定ってことになるけど」

お兄さんがいるなんて初めて聞いたけど、兄弟までスーパービジネスマンなのか。

「大学生しながら起業なんてすごいですね」

「そうでもないわよ。確かに商才はあるかもだけどチャラチャラしてるし」

「俺なんか大学時代ほとんど遊んでましたよ」

「そうなんだ。その遊んでたってのは、彼女がいたりとか？　別にどうでもいいんだけど」

「まさか、そんなわけないじゃないですか。俺ですよ？　男とゲームしたりアニメ見たり、まあ、端《はた》から見たら多分オタクな感じでしたよ」

「そう！　まあ、どうでもいいんだけどね！　私はオタク別に嫌いじゃないかなー。一つのことに特化した専門知識は立派な武器になるわよ。ま、どうでもいいんだけどね！　あ、お姉さんおかわりください！」

　課長のかけ声に、本格的なメイド服を着たウェイトレスのお姉さんがやってくる。お姉さんは課長のカップへと上品にコーヒーを注《そそ》ぎ、ニコリと笑って俺を見た。

「あ、じゃあ俺も」

　つい笑顔につられ頼んでしまった。まあ、課長も遠慮するなと言ってたしいいだろう。年上のお姉さんにあんなスマイルされたら断れない。

「本当ここのコーヒーは美味しいわ」

「確かにいつも飲んでる缶コーヒーとは全然違いますね」

「下野くんいつも缶コーヒー飲んでるもんね。せっかくレンタルサーバー導入したのに」

「缶のほうが仕事してるって気分になれて」

「ふふふ、なにそれ」

　課長が笑う。珍しいものが見れた。

　課長の自然な笑顔があまりにも綺麗《きれい》なものだから、俺はそっと目線をカップに落とし、そのままコーヒーをすった。苦い。

このままだと本当にデートみたいで、童貞の俺には小《こ》っ恥《ぱ》ずかしくて耐えられないので、本題の話を切り出すことにした。

「なかったですね、神社」

「そうね。この時代にはまだ建てられていなかったのか。それとも、もともとあんな建物自体が存在していなかったのか」

「おー、一気にホラーな感じになりましたね」

「バカ言ってないの」

ここへ来る前。

俺と課長は、記憶を頼りに例の神社があった場所へと立ち寄った。

電車にのり、会社のある駅から徒歩十五分ほど。大きな坂道を上った先にある閑静な住宅街だ。町並みが見渡せるほどの標高に位置している。近辺住民以外はあまり訪れることもないであろう。

実際に行ってみるとなかなか鮮明に記憶が蘇《よみがえ》ってきて、その分、あの神社が『ない』ことに確信を持つことができた。位置は間違っていない。

神社があったスペースには竹藪《たけやぶ》が続いていた。辺りに住宅はなく、誰《だれ》かの私有地だというわけでもなさそうだ。オカルト好きにはたまらないシチュエーションであるだろうが、さすがに制服のまま（特にスカートの課長がいるので）竹藪へと足を踏み入れるのは厳しいと判断し、俺たちは坂を下り町へと戻っていった。神社がこの時代にはなかった、という情報だけ得られれば問題ない。

「これからの十一年間で建設されたにしては古びていましたよね」

「あの神社自体が超常現象的なものだってことでしょうね。二人いっぺんに時間遡行《そこう》させる適当な神社だから、いつまた姿を現すかわかったもんじゃないわね」

「確かにアニメとかでよく見るタイムリープと考えたら、これじゃ主人公が俺と課長どっちかわからないですよねー」

「本当よまったく！　ストーリーにならないじゃないの！」

「急に大声になったな！　どうしたんですか課長、落ち着いて」

「ああ、ごめんごめん。いや、その、私タイムリープもの好きなのよ。だから、ね。ちょっと、適当だなーって」

「は、はあ」

まあ、同感だよ。タイムリープするなら俺だけでいいんだよ神様！　本当は俺が大声出したいよ！

「神社が存在しない以上、元の時代へ戻る手段も手がかりもないわね」

「別にいいんじゃないですか、単に若返ったと思えば」

「やけにすんなり受け入れるのね。戻りたくないの？」

「ええ、まあ、どっちでもいいかなと」

だって戻って仕事したくないし。

「課長は戻りたいんですか？」

「そりゃ……会社の様子気になるし……」

すげーな、俺と真逆の感想だ。自分が恥ずかしくなってきた。

「さすが管理職。責任感が違いますね。尊敬します」

「で、でも、まあ？　私もこのままでも別にいいかなー、なんて思ったりも？　しちゃったりなんだったり。なんだかんだ、こうやって高校生らしくお茶できてるし……？」

なんか課長が急に俺をチラチラ見て顔を紅潮させているぞ。まさか……。

「もしかして課長も本当は仕事面倒くさいと思ってたんですね！　なんだー、それならそうと言ってくださいよ！　なんか親近感わくなー」

「は？」

こっわ！　え、目が包丁の形になってるけど。なに、また俺なにかやっちゃいました？

多分返し方が確実に間違ってたんだろうけど、なにが悪かったのかわからん。とりあえず謝っておこう。

「すみません」

「あなた、とりあえず謝っておけばいいとか思ってない？」

「さすが課長、俺のことはなんでもお見通しですね。課長だけですよ、こんな俺のことわかってるの」

「え、そう？　ま、まあそりゃわかるわよ。当たり前でしょ、何年一緒だと思ってるの？　わかるに決まってるじゃない。もう、ちゃんと謝るときは心を込めるんだぞ。あ、下野くんケーキ食べる？　私食べるけど一緒に頼もうか？」

課長って怖いけど素直に認めると許してくれるんだよな。説教をいつまでも引きずらない。有能な管理職だ。こんな人なかなかいないよ。

「そういえば課長に聞きたいことあったんですけど」

「なになに？　誕生日？　それとも趣味とか？　えっと趣味はね、最近はジムに通うことにハマってるかなー。あとホットヨガね。すごくいいのよあれ！　普通にヨガするより何倍も汗が出るの！」

趣味がＯＬのそれ！　こんな女子高生いてたまるか！

ウェイトレスのお姉さんにチーズケーキを二つ注文してから課長は楽しそうに言う。

「違いますよ。タイムリープについてです」

「ちっ」

舌打ちした！

「あの、多分なんですけど、俺たちがタイムリープしたことで少し変化がある気がするんです。いや、根本的なところはなにも変わってないんですけど、微妙な違いというか」

「バタフライ効果ね」

やっぱりバタフライ効果か。どうやら、俺の見解は正しかったようだ。課長が言うのだから間違いない。

「俺たちが過去に戻ってきたこと、そしてこれから取る行動で、この先の未来が変わるってことですよね」

「そうね。詳しいじゃない」

「ド○えもん好きなので」

「ド○えもんもしょっちゅうのび太が歴史変えちゃってるもんね。それと同じよ」

「特に雲の王国は怖かったですね。そういえばこの前見たタイムリープもののアニメ映画では歴史の強制力っていうのが出てきて重要な部分はなにをしても変わらないって設定がありましたけど、俺たちの場合どうなんでしょうね」

「そうねえ。色々と検証してみればある程度はわかるかもしれないけど、別に未来がどうなるかわからないなんて元の時代でも同じことじゃない？　私たちは今を生きるだけ」

「確かに。今のなんか、かっこいいですね課長」

「ていうか行動で歴史が変わってもらわなきゃこっちは困るのよ」

「え？　なんでですか？」

「別に。下野くんには関係ないでしょ」

　課長がぶっきらぼうに言う。

「課長が生徒会長になるって歴史もさっそく変わっちゃいましたしね。もったいない」

「しつこいわね。なんでそんなに生徒会長やらせたがるのよ」

「逆ですよ。本来の歴史では生徒会長やってたんだから、なんでって質問を投げていいのはこちらです」

「それは昨日もう答えたじゃない」

「別の青春したい？」

「そ、そうよ。文句ある？」

　文句というか、イマイチ理由がピンと来ないんだよな。

　納得いかないから根掘り葉掘り聞いてやろうと口を開けたところで、聞き覚えのある声がかかった。

「あれ七哉じゃん」

　俺たちが座っている席の前に、チーズケーキを二皿持った、メイド姿の巨乳少女が立っていた。乳袋ってのを現実で初めて見た。でかい。バレーボールみたいだ。

「って、奈央《なお》⁉　なんでここに⁉」

「なんでって、バイトだよ。わたし、ここの店員。七哉にも言ったじゃん」

「え、ああ、そうなの？」

十一年前の記憶をたどる。確かに当時も喫茶店でバイトしてたような。けど、さすがにどこの店かなんてまで覚えてないよ。

「なんだ七哉、かわいい幼馴染《おさななじ》みのいつのまにか成長していたおっぱい見て勃《た》っちゃったかー？　ほれほれー巨乳のメイド姿なんてなかなか見れないだろー。興奮してきたかー？サービスで今夜のオカズにしていいぞー」

ニヤニヤしながら両肘《りょうひじ》で器用に胸を挟み、大きな大きなお胸さんの谷間をつくる。これが乳袋の破壊力か。やめてくれ。こっちはオッサンだぞ！　女子高生にそんなことされたら本当に勃つだろうが！

俺の気もおかまいなしに奈央はこちらをいじわるそうな笑顔で見つめてくる。改めて見るとかわいいな。当時は距離が近すぎて女子としてかわいいと思ったこともなかったが、歳《とし》を取ってから改めて見ると、なかなかかわいい顔をしていると気付く。こんなかわいい幼馴染みがいたなんて、割と俺リア充《じゅう》だったんだな。

「……下野くーん」

はっ！　横から禍々《まがまが》しいオーラを感じる。

「課長、これは違うんです！」

「課長？」

奈央が不思議そうに俺の顔を覗《のぞ》く。

「いいから、奈央とりあえず、その持ってるお皿を置こうか」

「あ、はいはい。どうしたの七哉？　そんな焦《あせ》っちゃって」

奈央がようやく胸から肘を離し、チーズケーキをテーブルに置いた。

焦るに決まってる。課長はこういったセクハラまがいなことに一番厳しいんだ。ヤリチンのあの不倫係長でさえ課長の前では下ネタを自重しているくらいだ。

そんな課長の前で女子高生のおっぱい見て興奮してるなんて勘違いされたら、始末書だけじゃ済まされない。島流しもんだ。

さすが幼馴染みというべきか、奈央は俺がなにに対して怯《おび》えているのかすぐに悟ったらしく、その根源のほうへ目を向けた。そして、元気な声で言った。

「あ、上條透花先輩じゃないですか！　こんにちは！」

「え、奈央知り合いなの？」

「ううん！」

「知らないんかい！」

「でも有名じゃん」

まあ、確かに。

「んんっ！」

課長から咳払《せきばら》いを受ける。私を無視するなという意思表示だろう。

「あなたは一年七組の中津川《なかつがわ》奈央さんね。こんにちは」

ニコリと笑う課長。なんで奈央の名前知ってるんだろうと思うも、ああ、そうかとすぐに気付く。

「透花先輩、わたしのこと知ってくれてるんですね！　そういえば先輩はやっぱり今年の生徒会選挙立候補するんですか？　透花先輩は生徒会長を狙《ねら》ってるって校内じゃ噂《うわさ》になってますよ」

「しないわ」

「えー⁉　そうなんですか⁉　わたしてっきりすると思ってライバルになるなーって警戒してたのにー！」

「あなたはするのね中津川さん。頑張ってね」

「はい、します！　ありがとうございます！」

そう、なぜか奈央はこの年、生徒会長に立候補するのだ。そして、本来なら課長と選挙バトルとなり惨敗に終わるという流れだ。それで課長は奈央のことを覚えていたのだろう。

しかし、当時から不思議だったが、なぜ奈央は生徒会長になりたかったのだろう。せっかくだし改めて聞いてみようか。

「奈央はなんで生徒会長になりたいの？」

「学食無料にしたいから！」

「浅はか！　生徒会長にそんな権限ない！　そしてそんな考えのやつ当選するわけない！」

「わたし、おっぱい大きいから男子が投票してくれるでしょ」

「んなわけ……ありえる！」

なんだこいつ、なんか巨乳になっておっぱいのゴリ押しがすごいな。おっぱいの魅力を自覚している巨乳なんて最強じゃないか。

「七哉、応援会長やってよ」

「え、なんで俺が、やだよ面倒くさい」

「やってよ、やってよ！　お願い！　わたしも他《ほか》に探すの面倒くさいの！」

「そういうのは交渉のときに言っちゃダメなんだよ！」

「お願いお願い！　ねえ……いつもみたいに、おっぱい好きにしていいから……」

「艶《つや》っぽい声出すな！」

俺が立ち上がって奈央にツッコむと、横から氷の女王かと錯覚《さっかく》するほどの冷たい声が割り込む。

「いつも……？」

「わーわー、冗談ですよ課長！　こいつの冗談！」

なにかを察したように奈央が目を光らせた。そして唐突に抱き着いてきたかと思えば、人差し指を俺の胸に置き乳首の周りをツツーとラウンドさせる。俺の胸板《むないた》は校庭じゃないぞバカたれ！　周回をやめろ！　こんなエッチなメイドさんいてたまるか！

「七……哉……応援会長やって……わたしのこと、この前みたいに激しくめちゃくちゃにしていいから……」

「この前……？　めちゃくちゃ……？」

課長の顔がみるみる真っ赤《まっか》に染まっていく。

「わーわーわかった！　やるから！　その冗談やめろ！　シャレにならん！」

「やったー！　ありがとう七哉！」

くそ！　完全に手玉に取られた！　高校生のくせに生意気な！　このマセガキ！

「下野くん……」

課長がイスから立ち上がり、フラフラとこちらへ近付いてくる。やばい。

「違うんですよ！　ジョークですジョーク！　ほら、奈央も弁明して！　今のはジョークだって！」

もちろん我関せずに徹する奈央。この女、本当にその巨乳揉《も》みしだいてやろうか。

こうしてる間にも課長が一歩一歩近付いてくる。表情はピクリともしていない。鬼神だ。

鬼神が来るぞ！

「やる……」

殺《や》る⁉　マジかよ！　そこまで⁉

「私もやる！」

「へ？　なにを？」

「応援会、私もやる！」

そう言って俺の腕にしがみつき、体を密着させてくる課長。胸が当たってる。

右に奈央、左に課長と、おっぱいに挟まれる俺。

「え？　課長も奈央の応援会やるってことですか？」

「そうよ！」

その言葉を聞いて奈央が飛んで喜ぶ。

「わーい！　透花先輩が味方なら百人力だよー！」

確かに。

「課長のプレゼン力があれば奈央を生徒会長に当選させるなんてワケないですね」

「だから課長って言うな！」

「わたしの学食無料作戦が現実味を帯びてきた！　ありがとうカチョー！」

「ちょっと、あなたまで！　マネしなくていいの！」

できない部下二人を引き連れた、中津川奈央応援会ならぬ、中津川奈央応援課がここに発足した。

ちなみに店内で騒いでいたということで、このあと奈央はこっぴどく店長に叱《しか》られたらしい。あんな雰囲気のある喫茶店で奈央は普段上手《うま》く給仕ができているのだろうか。

少し心配になる俺であった。

◆

あれから数日が経《た》った放課後。

選挙準備期間も本格的に始まり、各候補者たちが少しずつ動きだしていた。

俺たちも例外でなく、昇降口の前でアピール用のビラ配りをしていた。

夕方の風は少し冷たい。日中は暑く薄着をしていたので今は少し肌寒いけれど、それが逆に神経をピリッとさせ、やる気を出させてくれる。

応援会長を引き受けたからにはその責務はまっとうするつもりだ。

奈央はああ見えて真面目《まじめ》な子だ。大学を卒業してバックパッカーとして世界各地を回っているのも、本気で世界平和のために自分がなにかできないかと思い行動に移したのだと、同級生を通して聞いたことがある。

だから、学食無料にしたいだなんてバカなことを言っているけれど、奈央が生徒会長になりたいというのは奈央なりの考えがちゃんとあるに違いない。

まあ、その奈央は今トイレに行っていてここにはいなく、もう一人の応援会員である課長もいつのまにか消えているので、なぜか俺一人でビラ配りをしているという寂《さび》しい状態なのだが。奈央はしょうがないけれど、課長はどこ行ったんだ。なんか一人だと寒さが余計に厳しく感じるのは心の温度と比例しているのだろうか。

「なーなやくんっ」

突然、ほほに熱い金属がピタッと密着した。

「うお！　熱っ！　って課長なにするんですか！」

「あれ、よくドラマとかでこれやってるの見るけど、ダメだったか」

缶コーヒーを二つ持った制服姿の課長が立っていた。

「ペットボトルでやるんですよ！　缶でやる人がいますか！　それじゃただの拷問《ごうもん》ですよ！てかドラマのマネとか課長って意外と乙女《おとめ》チックですよね」

「だ、誰が乙女よ！　全く……下野くんブラックでよかったわよね。はい、ちょっと休憩しましょう」

「ありがとうございます。そうですね、けっこう配りましたし休憩しますか」

俺は受け取った缶コーヒーを開け、口に運ぶ。うん、やはり仕事中のコーヒーはうまい。

「こうやって見ると高校生ってすごく幼く見えるわね。当時は上級生なんて大人にしか見えなかったけど」

「課長は高校生に戻っても大人に見えますよ」

「むっ、老けてるってこと？」

課長がポスポスと俺の胸にパンチを繰り出した。かわいい。

「なんでそうなるんですか。大人っぽくて綺麗ってことですよ」

「ババババ、バカじゃないの。そんな見え透いたお世辞ばっか言ってるからいつまで経っても主任になれないのよ」

「あ！　上司がそういうこと言う⁉　今のパワハラですよ！」

「うるさいわね！　同期の並木《なみき》くんだってとっくに主任になってるし、中川《なかがわ》係長なんて入社二年目でもう成績トップだったらしいわよ」

「中川係長みたいなバケモノと比較されても困りますよ！」

ていうか、その係長を追い抜いて出世してる課長はさらにバケモノだけどな。社歴で言ったらこの人のほうが何年も後輩だぞ。

「まあ、中川係長は身だしなみもしっかりしてるし、気もきくし、仕事のできる人は女性の扱い方も上手なんでしょうね。すごいモテるもんねあの人。誰かさんと違って」

「へー、そうですか。課長もああいうのがタイプなんですね」

「え……」

「いいじゃないですか？　係長イケメンだし。俺と違って」

「いや、その……怒った？」

「別に怒ってないですよ。だって事実だし」

「違うの……違うよ。私ああいう人タイプじゃないよ。すぐ下ネタ言うし、奥さんいるのに会社の女の子に手、出そうとするし。全然好きじゃないよ。本当だよ？」

課長が俺のブレザーの袖《そで》をチョンとつまんで困り顔をする。やばいなにかに目覚めそうだ。硬派な課長がチャラチャラした人を嫌うのはわかりきってるのに、つい嫉妬《しっと》していじわるしすぎてしまった。

「わ、わかってますよ！　すみません調子にのりすぎました！」

「ごめんね、もう怒ってない？」

おいおい、泣きそうになってるぞ。会社じゃ見たことないよこんな課長。社外だとマジで乙女なのか？

「はい、怒ってません。俺が課長に怒るわけないじゃないですか。部下ですよ？　めっそうもない。それより奈央ちょっと遅いですね」

「確かに、奈央ちゃんああ見えて真面目そうだし、サボってるとかはないと思うけど」

課長がコーヒー買いに行くよりも前に奈央はこの場を離れた。トイレなら校舎に入ってすぐあるはずだし、そろそろ帰ってきてもいい頃《ころ》だが。

「ちょっと探してきます」

「わ、私も一緒に行く！」

課長がつまんでいたブレザーの袖を引っ張る。男子が女子にやってほしいことベスト３に入るやつ！　くそ、やっぱりかわいいぜ課長。だけどわざわざ課長を動かすわけにはいかない。ただでさえコーヒー買わせちゃったのに。

「いいですよ課長。雑用は部下の仕事です」

「今はあなたが応援会の長なんだから私のほうが下っ端よ」

「いや二人しかいないのに下っ端もなにもないでしょ！」

「そうね。二人しかいないんだから上司も部下もないわ」

うーん、やはり口論では課長に勝てない。

「まあ、課長がいいなら。じゃあ、行きましょうか」

俺と課長は上履《うわば》きに履《は》き替え、校舎へ入る。

すると、廊下の奥のほうから騒がしい声が聞こえてきた。

なにか揉めているようだ。

課長も様子に気付いたようで二人で声のするほうへ向かった。

「もービラ配りしなきゃなんだってー。また今度！　ね、また今度行こうよ！」

「ビラ配りなんていいだろ。どうせおまえなんて当選しないんだから。いいからカラオケ行こうぜ中津川ー」

一年七組、俺のクラス。その教室前の廊下で奈央が壁に背中を付けて眉《まゆ》を八の字にし、苦笑いを浮かべていた。奈央を逃がすまいと一人の男子が壁に手を付けている。壁ドンだ。この時代に壁ドンってもう流行《はや》ってたっけか？　教室からは野次馬《やじうま》が四、五人と顔を覗かせている。

「わたしだって当選するかもよーアハハ……。ほら、そのために頑張ってるんだから、ね。またにしよう辰城《たつき》」

笑顔でやんわりと断っているが、明らかに困っている。普段から明るい奈央。その人当たりのいい性格からしてこんな輩《やから》にも気を使っているのだろう。

辰城と呼ばれた男は一年六組の生徒だ。有名な男子だったから覚えている。親が市議会議員のおえらいさんで高校三年間好き勝手にやっていた、いけすかないやつだ。鬼吉《おにきち》とは違う意味でのチャラ男《お》。もちろん鬼吉はいいチャラ男で、こいつは嫌なチャラ男だ。そういえば、十一年前も奈央にやたらとちょっかい出していて、一度辰城から告白して振られたなんて噂も流れていた。

「そんなに生徒会長やりたいの？　じゃあ、俺が票操作してやるよ。なーに選挙管理委員やってるから操作くらい簡単にできる。バレたとしても教師はみんな俺に逆らえないから心配するな。な、だからビラ配りなんてする必要ないから行こうぜ中津川。俺おまえのその体、タイプなんだよ」

「あのガキ……」

そう言って歯を鳴らしたのは課長だった。怒りを表情にのせ、今にも飛び出しそうなところだったが、その前に別の声が奥から響いた。

「なんだ、なに揉めている」

担任の若い男性教師だ。

「別になんでもありませんよ、林《はやし》先生。俺が中津川さんにカラオケ行こうと強引《ごういん》に誘って断られていただけです。悪いな中津川、ちょっとしつこかったわ」

「六組の辰城か。まあ、あまり騒ぎを起こさないようにな。中津川もだぞ、おまえは普段からうるさいからな」

「えへへーすみませーん先生ー」

笑ってみせる奈央。彼女が今の流れで悪いところがあったなら教えてほしい。腑《ふ》に落ちないが、大きな問題となる前に収まったわけだし、そういう意味では担任が来てよかったのかもしれない。

そう思った矢先、辰城がポケットに突っ込んでいた左腕の肘を、去り際《ぎわ》にわざとらしく奈央の胸にぶつけた。

「きゃあっ」

奈央がその拍子で腰を突く。

自慢げな表情を浮かべ何事もなかったかのように歩く辰城。

担任の林はというと……目線を壁に向け頭をかいていた。今の出来事を見ていなかったと言い訳するには無理がある。

俺はざわつく胸を抑えながらも、まずは腰を突いた奈央に手を差し伸べる。

「大丈夫か奈央？」

「あははードジしちゃったー」

奈央はあいかわらず明るく振るまった。

辰城に林。どちらの男も虫唾《むしず》が走るけれど、相手にすることもない。こういう嫌なやつは社会に出ればごまんといる。子供じみたやつらは放っておくのが一番だ。

「そこの男子、待ちなさい」

そうはいかない人が一人いた。

「あん？」

この場から去る気満々だったであろう、辰城がこちらを振り返り課長を見た。

「奈央ちゃんに謝りなさい」

「なんだおまえ？」

課長の目が据わっていた。マジギレしているときの目だ。

俺はこの目をしている課長を過去二度見たことがある。

一度目は横暴な取引先から、うちの社員がいわれのないことで中傷されたとき。

二度目は本社の部長がうちの支店へ寄ったついでに新人女性社員のお尻《しり》を触ったときだ。

課長は辰城を睨《にら》み、そのときと同じように腕を組んで堂々とたたずむ。制服がスーツに見えてきた。

「謝れって言ったの」

「さっき、謝ったじゃねーか」

課長の様子に気付いた担任教師の林がゆっくりと近付いてきて、辰城には届かないほどの小声で言う。

「二年の上條だな。おい、あまりことを荒立てるな。いいだろもう」

目で訴えかける林。あいつの親のことおまえも知っているだろ？　そう言っている。

が、課長はその林にも鋭い目線を向ける。これはまずいな。俺も課長に耳打ちする。

「課長、落ち着いて。穏便《おんびん》にいきましょう。ああいうのと揉めてもいいことないですよ」

ムカつく気持ちはわかる。だけど、本当にああいうのと揉めてもいいことはない。報復の恐れだってある。俺はそれを知っている。

「そうだよカチョー。わたしは平気だから！　ね？」

「平気じゃない！」

「わっ！」

課長の圧に奈央がギュっと俺の腕をつかんだ。わかる。怖いよな。俺もめっちゃ怖い。

「悪いことしたらね、謝るのが筋なの。誰だろうと関係ない。取引先だろうと、部長だろうと、おえらいさんの息子だろうと。子供ならなおさら、それをちゃんと教えて叱らなきゃダメなの。――――それが大人の責任でしょ」

至極まっとうだった。だから俺はそれ以上なにも言えなかった。

「さあ、そこの男子。ちゃんと謝りなさい」

「だからさっき謝ったって言ったじゃねーか。なあ、中津川？」

「あんなの謝ったって言わない！　心のこもってない謝罪なんて意味ないわ！　私はあなたに反省しなさいって言っているのよ！」

「ちっ……面倒くせーな」

「面倒くさくても私は引かないわよ」

「……悪かったよ。これでいいんだろ」

あまりの課長の圧に負けたのか、辰城はしっかりと奈央の目を見て謝罪の言葉を告げると、早々にその場を離れていった。

課長はまだ納得していない様子だったが、その不満が表に出る前に奈央が彼女に飛び付いた。

「カチョーかっこよかったよー！　ありがとー！」

奈央の巨大なおっぱいが課長のおっぱいと重なり音を奏《かな》でる。ぽよん。

「ちょ、奈央ちゃん、なによ」

「カチョー好きー！」

キマシタワーここに設立します。ぽよよん。

さっきのこわばった表情とは一転し照れに照れている課長のもとへ、担任の林がやってきてぶっきらぼうに言った。

「あまり子供が出しゃばったマネをするもんじゃないぞ上條。大人ってのはいろいろあるんだ」

頭をかきながら林はため息をつく。

「先生」

俺は課長の前に出て林を睨んでいた。自分でも驚くくらい無意識だった。

「なんだ、下野。おまえもわからずやか？」

グッと俺の目を見て林が言う。

「あ、いえ……お騒がせして、すみませんでした」

林はそれ以上なにも言わず職員室へと戻っていった。くうー、ちょっと怖い取引先のこと思い出したぜ。圧に負けて平謝りするのはサラリーマンが持つ最大の武器よ。

「下野くん、あの教員って確か三年目とかじゃなかったかしら？」

「えっと、俺が一年生のときだと……そうですね。三年目とかだったと思います」

「なにが大人はいろいろあるよ。私より年下じゃないの青二才」

鼻を鳴らした課長はやけに貫禄《かんろく》があり、奈央の言う通り、確かにかっこよかった。

◆

十八時すぎ。残りのビラを配り終えた俺たちは帰路についていた。

駅前のアーケード商店街を三人で歩いている途中、喫茶店の前で奈央が足を止める。

「じゃあわたしこれからバイトだから！」

「今からバイトって帰り遅くならないの？　大丈夫？　女子高生一人で夜の道は危ないわよ」

「あはは、カチョーお姉ちゃんみたい！　自分も女子高生なのにー。大丈夫だよ終わったらお母さんに迎えに来てもらうから」

「そう、なら安心ね。頑張ってね」

「うん！　カチョー今日はありがとうね！　七哉もまたね！　二人きりだからってカチョー襲っちゃだめだよー」

「襲うか！」

白い歯を見せ大笑いする奈央は、そのまま手を振って店の中へと入っていった。

「襲わないの？」

「襲いませんよ！」

「もう、七哉くんはかわいいんだから。じゃ、お姉さんと二人きりで帰ろうか」

いたずらに笑ってまたしても課長は俺に密着する。まじで反応の正解がわからない。

この俺のことを七哉くんと呼ぶときは課長のからかいが始まったと思っていたが。

もしかして、これワンチャン課長なりのアピールとかありえるのか？

あれ、だったら俺もこのノリにのってイチャイチャしちゃうべきなのか？

いや、早まるな。

そうやってこちらから好意を見せたとたん「え……そういうつもりじゃなかったんだけど」

「無理無理、弟みたいな感じでしか見れないから。男として見てないから」とか冷たく言うんだ。女ってのは平気でそういうことするんだ。騙されないぞ。恋愛メンタリストYu・itoの脈あり判定が出ない限り俺は騙されん！

「課長近いです。お酒入ってませんよね」

「……童貞」

「は⁉　今なんて言いました⁉　なんで急にディスるんですか⁉　童貞になんの関係が⁉」

「うるさいうるさいうるさい！　童貞！」

「あー、もうこれは労基《ろうき》案件ですよ。労基行きますからね！　上司にパワハラ受けてるって言いますからね！　童貞ってバカにされたって言いますからね！」

「労働基準監督署はそんなに暇じゃないわよ！」

「だいたい俺高校生なんだから童貞でも普通じゃないですか？　むしろ健全じゃないですか！　青少年！」

「今どきは中学生でも高校生でもバンバンやってるらしいわよ！　残念ね！」

「え……本当ですか？」

「うん……ネットニュースで見た」

「嫌な世の中になりましたね……」

「そうね……」

「でも、ここ十一年前だから今どきに含まれませんよね」

「確かに、下野くん機転がきくじゃない」

「あざす」

なぜか二人して肩を落とし、俺たちは商店街を抜けた。

「そういえば奈央ちゃん高校生のうちからバイトなんてえらいわね」

「あー、将来のために資金ためてるんですよ多分。奈央は大学卒業して世界各地回ってますから」

「へー、すごいわね。この歳からちゃんと計画立ててたってことか。私にはマネできないわ。尊敬する」

「なに言ってるんですか。課長だって十分すごいですよ。二十八歳で課長になる人なんてそうそういませんよ」

「ふっ……それでも所詮《しょせん》サラリーマンよ。雇われの身で出世してもね。自分でなにかを生み出してるわけでもないし」

「そんなことありません！」

「下野くん……？」

おっと、つい大声が出てしまった。でも、こんなバカちんな課長、たまには部下から叱ってやらなきゃな。

「課長はすごいんです！　とにかくすごいし、かっこいいし、いい人だし！」

「あ、ありがとう」

語彙力《ごいりょく》！　自分のワードセンスのなさに脱帽だよ！　まあ、でも続ける。

「自分を蔑《さげす》むなんて課長らしくありません！　課長は課長だからいいんですよ！　部下として鼻が高い！　みんなの憧《あこが》れなんです！」

「みんなの……ね。ふふ……下野くんに怒られちゃった」

「あ、もう一つ怒りたいことがあります」

「まだあるの？　今日、上司に怒るわけないって言ってなかった？」

「それとこれとは別です」

「えー」

そうだ。これを言わなければいけなかった。

辺りはだいぶ日も沈み始めていた。俺は足を止めずに課長の顔を見て言う。

「まあ、怒りたいっていうか、気を付けてほしいんですけど、廊下でのことです」

「辰城くんのこと？　あれは間違ったことしたと思ってないわ」

「もちろん、課長のやったことを否定《ひてい》する気はありません。かっこよかったです。ただ、課長あいつのこと覚えていませんか？」

「市議会議員の息子でしょ？　有名だったしうっすら記憶にはあるわよ」

「そうじゃなくて、選挙当日のことです。課長、スピーチのあと選挙管理委員の男子にステージから突き落とされたでしょ？」

「そのことはもちろん覚えているわよ」

十一年前の生徒会選挙。投票の前に全校生徒の前で行われるスピーチ。課長はステージの上で名演説を行った。今でも鮮明にその凛々《りり》しさが思い出されるくらい、素晴らしいスピーチだった。そして、それが終わって用意された席へとステージの中央から戻る途中、同じくステージ上にいた選挙管理委員の男子が、なにを思ったか課長に向かって手を突き出したのだ。そのまま課長はステージ下へと転落した。体育館のステージなんてそう高いものじゃないが、なんの構えもしていない中で急に突き落とされたら大ケガをするに決まっている。

たまたま、ステージ前の位置で体育座りをしていた俺はとっさに課長の下敷きになった。なので結果的に大ケガをしたのは俺だったわけだが。それはどうでもいい。

その突き落とした選挙管理委員の男子。

「あれ辰城ですよ」

「あれ、そうだったかしら」

「はい。あとから聞いた話ですけど、選挙の準備業務に不真面目だった辰城を課長が注意したことがあったらしくて、逆恨《さかうら》みだったみたいです」

俺はそれを知って職員室に抗議に行った。そんなことはおかしいと。下手《へた》したら傷害事件だと。だけど、教員たちの反応は冷めたものだった。あれは辰城がバランスを崩して起こってしまった不慮の事故で、故意ではない。十六歳の俺でもわかるバカげた言い訳に何度も抗議し訴えたが、結局、辰城へのお咎《とが》めはなかった。それ以来、俺はああいうやつらとは関わりを持つこと自体が無駄だと悟った。

「注意……そこまでは覚えてないけれど、選挙はみんな一生懸命にやっていたから不真面目な生徒がいたら当時の私なら注意してたと思うわね」

「当時じゃなくて、今もでしょ。つまり世の中には辰城のような自分が間違っているのに逆恨みするような輩もいるってことです。今回は課長立候補してないから大丈夫だと安心してましたけど、また今日のことで変な恨み持たれたかもしれませんよ」

「あー……。なるほど、確かにそうね。でも、私はそれを知っていたとしても同じことしたわ。奈央ちゃんを傷付けたことは許せないもの」

俺の熱弁の意味……！　まったくもうこの人は。そこが課長のいいところではあるんだけれどな。

「とにかく、課長はたまに無鉄砲なところあるんで、気を付けてくださいよ！」

「はいはい、わかりました。でも心配してくれたんだ……嬉《うれ》しいかも」

ちょっと課長の目が泳いでいる。照れてんのか。かわいいなちくしょう。

「上司の心配をするのは部下として当たり前です」

そしてツンデレな俺。かわいいかな？　ちくしょう。

「もし……」

「はい？」

「もし、万が一危ない目にあったときは、あのときみたいに、また助けてくれる？」

「え、あのときみたいにって、課長？」

「なんでもない！　あ、もう家近くだ！　じゃ、じゃーね下野くん！」

そう言って課長は顔も見せずにダッシュでその場を去っていった。

課長の家まだ先のはずだけど。

ていうか、今のって。

もしかして、下敷きになった男子が俺だってこと知ってた？
ん？ じゃあ、もともと俺と同じ高校だって覚えていたってこと？
ん？ ん？
わからん。わからんよ！ 乙女との距離の詰め方わからんよ！
助けて、恋愛メンタリストＹｕｉｔｏ先生！

◆

とある日の正午。
昼の時間は至福の時だ。
これは学生生活でも社会人生活でも変わらない。
午前中は昼休憩のために頑張れるし、午後は昼休憩のおかげで頑張れる。
結局俺がなにを言いたいかというと、学食のうどんがうまい。
ここは香川《かがわ》かと錯覚するほどうまい。
つるつると胃に入っていく。
さあ、今日もうどんを食べに学食へ行こう。
「ヘイへーイ七っちどこ行くのー？」

「おう、鬼吉。学食にうどん食いに行くんだよ」

「テイクアウトして一緒に教室で食おうぜイェア！」

「えー、麵《めん》伸びるし食堂で食べたいよー」

「俺がいればそこが食堂……違うかい？」

「うん、違う」

「七っち～」

俺の腕を子供みたいに鬼吉がつかむものだから、なかなか食堂へ行けずにいると、黒板の上に設置されたスピーカーから校内放送が流れ始めた。

『全校生徒の、みなさん、こんにちは。これから、生徒会選挙、立候補者の、方から、自己紹介が、あります』

放送委員の女子のゆっくりとした声。独特な息継ぎが懐《なつ》かしい。

『今日は、一年七組、中津川、奈央さんです』

「おっ！　奈央じゃーん。七っち聞こうぜ聞こうぜ」

「おう、ちょっと聞いてくか」

俺は学食へ向かうために上げていた腰を一度席へと下ろす。

『こんちはー！　中津川奈央だよー』

ローラだよーみたいなテンションで言うな！　時代を先取りか！

『…………』

ん？

『…………』

なにも聞こえないな。機材トラブルか？

『あの……中津川さん？』

『なにー？』

なにはこっちのセリフだよ！　なんだったんだよ今の時間！

『自己紹介は……？』

『したよ！』

『今ので終わり⁉』

本当だよ！　放送委員の女子も口調おかしくなっちゃったよ！

『じゃあ、えっと……牛丼好きでーす！』

合コンじゃねーんだよ！

『牛つながりでうちは牛乳屋やってるのでみんな飲んでねー！』

宣伝始めちゃったよ！　選挙についてのアピールしろ！

『投票よろしくねー！』

ローラかよ！　まあでも、うん、頑張ったね。もうそれを言えただけでも俺は満足だよ。

『そ、それじゃーお昼の放送でしたー!』

放送委員の子も、もう最初の喋《しゃべ》り方が完全に崩れちゃったな。かわいそうに。

「まあ、でも奈央らしいっちゃ奈央らしいか」

「さすが幼馴染みだねー七っち」

「だいぶ大目に見てるぜ? あいつ最近、頑張ってるからその分をサービスだよ」

「確かに休憩時間ほとんど寝てるしな。選挙活動にバイトもしてるんだろ? 尊敬マックスだぜ!」

奈央は放課後だけでなく、朝早くから登校してビラ配りと、生徒への呼びかけをしている。夜はバイトもあるから睡眠時間も普段より削っているはずだ。それなのにいつもと変わらず授業はしっかり受け、友達には明るく接している。

幼馴染みながら、鬼吉と同じく尊敬するよ。

「じゃ、学食行くかな」

「あ、ちょっと七っち!」

俺は鬼吉の制止を振り切りダッシュで教室を出るのだった。

◆

その日の放課後である。

いつものようにビラ配りをしていた昇降口前。

大事件が起きた。

厄災《やくさい》だ。厄災が訪れたのだ。

やけに校門の辺りが騒がしいなと思っていたら、俺たちのいる昇降口前へ、その根源となる人物がゆっくりと近付いてきた。

俺は目を疑ったさ。疑いすぎて、視力二・〇のはずなのに眼鏡《めがね》を探したね。もちろん見つからなかったね。

「お兄ちゃんっ！」

帰宅途中の生徒たちが一斉に俺を見た。なぜなら中学生くらいの少女が俺に向かって、お兄ちゃんと言ったから。必然と、ああ、この子はこいつの妹なんだと彼らの頭にインプットされただろう。そして、俺は目の前の少女が自分の妹だと思われたくなかった。

「最近帰ってくるのが遅いと思ったら、他の女とイチャイチャしてたわけだ。この小冬《こふゆ》様以外の女と」

他の女ってのは一緒にビラを配っていた課長と奈央のことだろう。二人もキョトンとしている。無理もない。

俺の前に現れた小冬は、恐らくクラスメートであろう体操服を着た男子中学生にまたがっていた。その馬となっている四つん這《ば》いの男子の横にはもう一人四つん這いになった体操服の女子中学生が首輪につながれていた。リードの先はもちろん小冬の手が握っている。

「どういう状況⁉」

馬になっている男子も、首輪につながれている女子も一切《いっさい》、嫌そうな顔をしていない。むしろ恍惚《こうこつ》とした表情だ。

「はあ、はあ、小冬様の馬になれて幸せです」

「ああん、ああん、小冬ちゃん、もっと私を犬のように扱って！」

「うるさいよ奴隷たち！　小冬は今、お兄ちゃんと話してるの！　黙ってなさいクズども！」

「「はいぃ！　ありがとうございます！」」

なんだこのレベルの高い集団は！　マジでこんなやつの血縁者だなんて思われたくないよ！

チラッと横に立っている課長を見てみれば、まるで未確認生物を目の当《ま》た《あ》りにしたような顔で硬直してしまっている。奈央はというと、

「お！　小冬ちゃんじゃないかー！　久しぶりー！　奈央姉ちゃんだぞー、覚えているかー？」

小学生以来に再会した小冬へ向けていつもと変わらぬスマイルを見せていた。メンタル鋼《はがね》タイプかよ！

「このおっぱい嫌いぃ！」

おまえも！　昔は奈央姉ちゃん奈央姉ちゃんってくっついてたくせに、反抗期か！　あと

言い方酷《ひど》いな！

「おっぱいで覚えられてる⁉　大丈夫だよ小冬ちゃん、自分で揉めば小冬ちゃんも大きくなるから！　あと気持ちいいから一石二鳥！」

「おまえは黙ってろ！　てか妹に変なこと教えるな！」

「なんだよー七哉ー。勃っちゃったのか？　トイレ行ってくる？」

「マジで黙れ！」

カオスだよ！　妹と幼馴染みがヤバすぎて俺には対処できないよ！

「課長、助けてくださーい！」

「私にどうしろと⁉」

的確なツッコミが返ってきた。さすが課長だ。いつも冷静な判断で尊敬する。

若干《じゃっかん》、思考回路が異常をきたし始めた俺に小冬が追い打ちをかける。

「もうお兄ちゃん許さない。足の匂《にお》い嗅《か》がせるだけじゃ小冬のイライラは収まらないよ。お尻の匂いも嗅がせるからね！」

「やめろお！　やめなさい！　中学生が変な言葉を口から出しちゃいけません！」

くそ、こいつ多分十一年後の仕事では荒稼ぎしてるに違いない。このSっぷりはガチだ。周りの目もどんどん鋭さを増していく。いや、もうここまで来たら今さらオーディエンスを気にしているようなフェーズではない。

「今日だけは早く帰ってくると思ってたのに……」

おや、雲行きが変わったぞ。

突然、小冬のトーンが下がったかと思うと、その目に涙を浮かべ始めたのだ。そして、大粒の涙をポロリポロリと地面にこぼす。

そうか……こいつは昔からそうだった。とても寂しがり屋で、俺のことを慕《した》ってくれるお兄ちゃん子。両親の仕事が遅い俺たちは小学生のときから鍵《かぎ》っ子《こ》で、授業が早く終わる小冬がいつも先に家で待っていた。俺が帰宅すると毎回嬉しそうに玄関まで迎えにきてくれてたっけ。大人になって、そんなことも忘れてしまっていた。

そして、今日は……、

「ごめんな、小冬。そうだよな、今日はおまえの誕生日だもんな」

「うあああああん、そうだよ！　お兄ちゃんのバカバカバカー！」

泣きじゃくる妹の頭を俺は優しく撫《な》でる。

そこへ課長が静かにやってきて言う。

「そうだったのね。じゃあ、今から誕生日会しましょうか」

柔らかな笑顔を小冬に向ける課長。

「いや、あんた誰よ。あ、この匂い最近お兄ちゃんが付けてくるメスの匂いだ！　さてはあんたが小冬のお兄ちゃんを奪ったメスブタね！」

「メ、メスブタ⁉」

　人生で初めて言われたであろう単語に課長がショックそうに目を丸くする。

「はあはあ！　小冬ちゃん！　ああっ！」

　横では首輪の女子がビクンビクンと震えている。メスブタのワードに反応するな。筋金入りかこの女の子は。

「こら、小冬！　目上の人に向かってなんてこと言うんだ」

　多分、目上の人に向かって言うのもある意味正解な世界なんだろうけど、だが相手はちゃんと選ばなきゃだめだ。お金を払ってでも求めてくる人々に投げるべき辱《はずかし》めの言葉を、無差別に乱射していたらプロではない。その辺りがまだこの時代の妹は子供でわかっていないようだ。これからしっかり学んで十一年後には立派な女王様になるんだぞ。やかましいわ。なるな。人間のペット飼ってる大人の妹見たくないわ。

「でもメスブタにしてはいい提案ね。お誕生日会やりたい」

　鼻をすすりながら小冬が言った。ツンデレなのか、なんなのか。

「じゃあ誕生日会やろうか」

　俺が言う。

「そ、そうね！　下野くん任せて私が幹事やるわ。とりあえず駅前の最近できたシュラスコのお店予約入れるわね。コースでいいかしら？　一応飲み放題にしときましょうか」

「課長、高校生！　さっきのメスブタ発言がショッキングすぎて、思考が未来に戻ってますよ！」

「ああ、そうだったわね。小冬ちゃんはどこでお誕生日会したい？」

「家に決まってるでしょ！　気がきかないわねこの駄犬女！」

君はその口を閉じといてくれ！　中学生だよね⁉　ワードチョイスがハードすぎない⁉

課長は完全にフリーズしてしまっている。泣きそうなのを必死にこらえてる。てか、ちょっと泣いてる。

ギブアップ状態の課長に代わり奈央が元気に言った。やはりこういうときのメンタル鋼タイプは役に立つ。

「じゃあ、みんなで下野家へレッツゴー！」

◆

時刻は十九時前。リビングのテーブルには、みんなでお小遣いを出し合って買ったケーキとフライドチキンの盛り合わせが並んでいた。

誕生日会の主役である妹の小冬は奈央と一緒にカーレースのテレビゲームをしている。ハンドル式のコントローラを握って右へ左へ体を揺らし白熱していた。ジャイロセンサー搭載の特殊コントローラがこの時代でもう出回っていることに俺は少し驚く。十一年前というとだいぶ昔のように感じていたが、なかなか自分の時間感覚というのもアテにならないみたいだ。

　小冬は等身大の中学生に戻り、夢中でカートを操作している。なんだかんだ小冬も幼馴染みの奈央とは昔からの仲だ。妹の楽しそうな姿に俺は少し安心した。

　課長は一人キッチンで料理をしている。冷蔵庫に入っている食材でなにかおかずになるものをつくってくれるとのこと。うちはリビングキッチンになっているので、課長は調理しながら小冬たちの様子を微笑《ほほえ》ましく見守っていた。うん、お嫁さんにほしい。

　そして、俺はというと。

　リビングの窓を開けたテラスで二人の中学生に進路相談の授業を開いていた。

「坂野《さかの》くんに白木《しらき》さんだったね。いいかい二人ともよく聞くんだ」

「はい！」「はい！」

「君たちが興味のあるものだったり、好きなものを否定する気はまったくない」

「はい、僕は小冬様が好きです」「私も小冬ちゃんが好きです。坂野くんより好きです」

「うん、そうだね。わかるよ、うん、わかるから一回お兄さんの話を聞いてくれるかな」

「白木さんより僕のほうが好きですけどね」「まあ、坂野くんが好きって言うならそうじゃない？　私は小冬ちゃんを愛しているし」

「うん、ここで張り合わなくていいからね。話がブレるからね。いいかい、君たちはまだ中学生だ。うちの小冬を好いてくれているのはとても嬉しいけれど、愛情表現のしかたを間違ってはいけない」

「はい！」『はい！」

おお。なるほどこの子たち根は素直なんだな。すんなりと俺の言うことを受け入れてくれている。これなら軌道修正もできそうだ。

「将来を見据えて、今から正しい愛情表現を学ぶんだ。もし大人になったとき、それでも今みたいな、その……好きな人にいじめられたいという願望があれば、それはそれでいい。ただ、それは大人になってからだ。子供のうちは一緒に遊んだり、一緒に勉強したり、そういう健全なことで好きって気持ちをぶつけるんだ」

「はい！」『はい！」

「よし、いい子だ。小冬はちょっといじわるなところがあるけれどそれに付き合っちゃだめだよ。健全な関係で、これからも妹と仲良くしてやってな」

「はい！」『はい！」

かわいい子たちじゃないか。これで一安心だ。中学生にＳＭプレイはまだ早い。

「ありがとうな。じゃあ、部屋に戻ってご飯食べようか」

二人を連れてリビングに入り俺は窓を閉めた。七哉の進路相談も同時に閉幕である。

「あーあ立ってゲームもするのも疲れたなー。坂野くんイス。白木ちゃんマッサージ」

「はい、小冬様!!」『はい、小冬ちゃん!!』

ダッシュで坂野くんは小冬の前まで行き、四つん這いになった。その背中に小冬が座り足を組む。同時に白木ちゃんもダッシュで向かい小冬の白い足にほっぺたをスリスリしながらマッサージし始める。

「はあはあ！　小冬様ずっとお座り続けてください！」「はあはあ！　小冬ちゃんとてもいい匂い！　ああ、小冬ちゃん！」

うん、だめだこいつら。

てかさっきの話聞いてるときも返事が従順すぎて、ちょっとやべーんじゃねーかと思ってたんだよ。こいつら生粋《きっすい》のMだわ。

俺は諦《あきら》めてテーブルの上に置かれたポテトを一つまみした。

「下野くん、手が空《あ》いたなら手伝ってくれる?」

課長からのお呼び出しだ。

他の連中は引き続きゲームに熱中しているし、会社以外での呼び出しなら喜んで行こう。

俺がキッチンに向かうとエプロン姿の課長が器用に野菜を切っている。

母親のエプロンを貸したのだが、なかなかこれがどうして似合ったもんだ。美しい。

「そこのジャガイモの皮むいてくれる?」

ピーラーを渡された俺は、まな板の上に転がっているジャガイモを手に取った。

「なんか冷蔵庫の中、勝手に使っちゃってるけどいいのかしら?」

「別に大丈夫ですよ。うち夜遅くまで両親帰ってこないんで、冷蔵庫の中を管理してるの実質、俺ですし」

「え、じゃあ普段は下野くんがご飯つくってるの?」

「ええ、まあ」

「料理できたんだ。いつもコンビニで済ませてるって言ってなかったっけ」

「一人暮らしだと自炊する気起きなくなりません? 高校時代は妹もいるんで、やらざるをえないというか」

「だらしないんだか、しっかりしてるんだかわからないわね」

そうなのだろうか。人のためには動こうと思えるけれど、どうも自分のためには手間をかけるのが面倒だと感じてしまう。時間かけて料理をつくっても食べたら一瞬だし、妹みたいに美味しいと言って食べてくれる人がいないとモチベーションが維持できない。

「よっぽどの料理好きでもない限り、男なんてそんなもんじゃないですかね」

「じゃあ、これからはお姉さんが七哉くんに料理つくってあげようかな」

俺に向けウィンクをする課長。

「まーた、始まった。こっち来てから課長、俺のことからかうのマイブームにしてません?」

「べ、別にからかってないわよ。ほら、なんか今もキッチンに並んで新婚さんみたいじゃない」

課長がちょっと、照れくさそうに言う。

このデレデレ攻撃はマジで勘違いしそうになる。だけど知ってるぞ。俺の課長がこんなデレデレなわけない！　この前ネクタイ直してもらったとき俺が新婚みたいだって言ったらこの人キレてきたからな。これは罠《わな》だ。俺がそうですね、なんて同意したら「え、冗談なんだけど気持ち悪い」とか言うんだ。絶対そうだ。こういう冗談にもクールに対応できる大人じゃないとモテない。恋愛メンタリストＹｕｉｔｏならそう言うはずだ。だから俺は浮かれず、冷静にこう返す。

「ははは、俺が前に課長に言ったギャグのお返しですよね？　わかってますよ。あれ俺も冗談だったんですから、そんな根に持たなくてもいいじゃないですか」

俺のも冗談だったんだよというフォローも入っていて、いい返しだ。課長はだいぶ俺のことを童貞よろしくの子供扱いしているからな。こういうところで、俺は冗談が通じる大人の男だってことをアピールしておかなければ。

「……」

課長からの返事がない。

「課長？」

「……ジャガイモ、むき終わったの？」

「え……あ、はい。って課長泣いてません？」

「……泣いてない」

「いや、涙」

「泣いてない！　玉ねぎしみてるだけ！」

確かに課長の前に置かれたボウルの中には、合いびき肉とみじん切りにされた玉ねぎが入っている。

それをこねる課長の手付きが先ほどより強くなっているのは気のせいだろうか。

そのあと、俺のむいたジャガイモは美味しそうなポテトサラダへと姿を変え、課長の焼いたハンバーグと一緒に食卓へ並んだ。俺たちは会話もないままリビングへ戻る。

なんだか先ほどから、やけに課長がよそよそしい。

もしかして料理中に俺が返した言葉の中で、課長を怒らせるようなところがあったのだろうか。でも、課長は怒っているとき、すぐになにが悪かったか伝えてくれる。だとしたら、ただの俺の杞憂《きゆう》かもしれない。

ハンバーグをほおばりながら（美味しい）そんなことを考えていると、ゲームを中断した奈央が俺の横へやってきて言った。

「七哉～、カチョーになにかしたのかー？」

「え、やっぱりそう見える？」

「見える見える！　七哉は女子の扱い昔から下手だからなー」

「そうなの⁉　俺って昔からそうなの⁉」

「そうだよ！　中学生のときも七哉が無神経にわたしのことオトコ女とか言うから必死におっぱいマッサージして巨乳になったんだよ！」

　確かに中学入ってからは奈央にそんなことをよく言っていた記憶がある。てかマッサージでそんな巨乳になれるんか。いや、奈央のお母さんも巨乳だし遺伝もあるはず。タイムリープする前の奈央もそれなりに大きかったし……ってなに俺は幼馴染みのおっぱいについて真剣に考察してるんだ。考察が捗《はかど》るのはエヴァンゲリオンとワンピースだけで十分だ。

「揉んどく？」

「一杯いっとくみたいなノリで言うな！　中学生の前で高校生の乳揉めるか！　つかまる！」

「高校生同士だからつかまらないよ？」

「うん、まあ、そうだけど！」

　そうだけど、そうじゃない！

「それはそうと、七哉ちょっと話があるんだけど」

「ん、どうした急に。なんの話だ？」

　先ほどとは打って変わり、奈央は真剣な表情を見せる。

「みんなのいる前じゃちょっと」

中学生たちはキャッキャッ騒いで美味しそうにチキンを食べている。課長はなぜか一人テレビに向かって、ボクササイズのフィットネスゲームをやっていた。真剣で怖い。なにかを発散させているようだ。

「わかった。テラス出ようか」

奈央の改まった様子に俺はうなずいた。こんな神妙な奈央も珍しい。

テラスに出て俺は窓をそっと閉める。二つ並んだテラス用のイスに二人で座る。

改めて見るとうちの実家って立派だなぁと思う。自慢じゃなくて、感心だ。俺の親ってすごかったんだなっていう。

社会人になってテラス付きの一軒家を購入するすごさに気付いたのだ。

ましてやテラス用のテーブルとイスまであるとは。うちの会社もそこそこ大きいので課長くらいまで出世すれば収入もけっこういいはずだが……。まあ、今となっちゃまだ先の話。

とりあえずは目の前の話題に集中しよう。

「それで、話ってなんだ？」

「七哉って好きな人とかいる？」

「な、急な話題だな。恋バナってやつか。相談する相手間違ってないか？」

「いいから！　答えてよー」

うーん、いるのは間違いない。好きと断言するのは小っ恥ずかしいが、俺は課長に憧れていて、その気持ちは一度目の高校時代からずっと変わらない。

かといって、ここで奈央にそれを言うと、これからの選挙準備が気まずくなる。常に奈央から「こいつカチョーのこと好きなんだ。うわ、今の絶対近付こうと思ってわざとやったよー童貞ー」なんて思われながら行動を共にするなんて地獄だ。だから、ここはいないということにして流そう。

「別に好きな人はいないよ」

「いないの？　本当に本当？　本当の本当の本当に本当？」

なんだこのしつこさ。顔を近付けるな。いい匂いがするだろ。俺に好きな人がいないと話が進まないってか？　そりゃ恋愛相談なら共感が大事だからな。好きな人もいないやつじゃ話にならないか。しょうがない、課長だとバレない程度に濁して言うか。

「気になる人はいるかもしれない」

「七哉って、いちいち面倒くさいよねー」

「泣くぞ！　言葉を選べ！」

「でも、いるんだ。ふーん、そっかー」

え、なんなん？　それだけ？　俺に好きな人いるか確認して終わりなの？

それとも、もしかしてこれは俺が話を掘り下げないといけないミッション的なやつなのか？　いや、確かに恋愛メンタリストＹｕｉｔｏの指南動画でこんなシチュエーションあった気がする。モテる男は女子に共感しながら話をリードし、女子が聞いてもらいたいことを察するべきと。なるほど、わかった。これは俺がモテ男になるための試練ととらえればいい。やってやるぞ。

えっと、奈央は俺に好きな人がいるか聞いてきた……。はっ！　これ知ってる！　進研ゼミでやったやつだ！　Ｙｕｉｔｏが言ってた！　女子が質問をしてきたら、それは自分の聞かれたいことなのだと。つまり同じ質問を投げ返してやればいい。

ふふ……さすが俺だ。だてにＹｕｉｔｏ信者をやってないぜ。

「奈央は好きな人いるのか？」

「あ、今その話、関係ないから」

ファック！　ファッキン！　幼馴染みとか関係ねー、俺は今からこいつを、ぶち殺す！

「七哉はその気になってる人と付き合いたいなーとか思ったりするの？」

なんだ、話し進めやがったぞこいつ。なら最初からリードしてくれよ。俺に恥をかかせるんじゃないよ。おまえと違って俺のメンタルはフェアリータイプなんだぞ。

まあ、質問にはしっかり答えてやるか。

「そりゃ付き合えたらいいなって思うけど、まずはその人に釣り合えるような男にならないと自信持って告白なんてできないな」

「えー、なんかおじさんくさいこと言うんだね七哉。ノリでバーッといって付き合えばいいじゃーん」

「ばかやろう！　男と女が付き合うってのはな、そんなノリで決めていいことじゃないんだよ！　ちゃんとお互いを理解して、この人だって思って、もう一つおまけに、俺ならこの人を幸せにできると自信を持てて初めて付き合えるんだ！」

「そ……そっか。じゃあ、その間に他の人に告白されたら？　例えば、身近にいて、真剣にその子は七哉と付き合いたいと思ってて、ちょっと断るのかわいそうだなーって思っちゃったときはどうする？」

奈央がイスを俺のほうへとずらしグッと近付く。奈央の瞳《ひとみ》が真剣に、まっすぐと俺に向いている。

「断る」

「断るの⁉　かわいそうじゃない⁉」

「かわいそうだな」

「じゃあ、なんで断るのよー！」

「好きじゃないのにそいつと付き合うほうが、もっとかわいそうだからだ」

「そ、それは、そうかもしれないけれど。そんなストレートに言わなくても……」

「いや、ストレートに言う。それが勇気を持って告白してくれた相手への誠意ってやつだ。

俺も勇気を持って嫌われる覚悟でそいつにハッキリと言うべきだ。君とは付き合えないってな」

それが恋ってもんだ。上手くいかない。相手の心中なんてわからない。だから大切なところではちゃんと自分の思いを伝えなきゃいけない。Ｙｕｉｔｏがそんなことを言ってたかは定かじゃないが、俺はそう思う。これが俺の恋愛メンタリズムだ。

「……そうだよね。うん、ありがとう七哉」

「ん？　なにが？」

「話聞いてくれて」

「え⁉　話終わりなの⁉　まだなにも相談のってないけど。俺が喋ってただけだけど」

「今ので十分だよ、まったく七哉はバカだなー。おっぱいのことばかり考えてるからだぞ」

「考えてねーよ！　なに勝手に俺のキャラ付けしてんだよ！」

よくわからんが、悩みは解決したらしい。本当によくわからん。ちゃんと相談にのって大人の余裕見せてやろうと思ったのに。

「じゃあ、せっかくだから俺からも質問。なんで奈央は生徒会長に立候補したんだ？」

「え、その質問二回目じゃない？　大丈夫、七哉？　タイムリープとかしてない？」

反応しづらいツッコミしやがって。タイムリープはしてんだよ。

「学食無料なんて信じるかよ。ちゃんと理由あるんだろ？　何年一緒だと思ってんだ」

「七哉ってクサいこと平気な顔して言うよね」

「おまえは傷付くこと平気な顔して言うよね！」

「わたしね、大人になったらいろんな国行ってみたいなーって思ってるの。わたしバカだからもっともっといろんなこと勉強して、いろんな人たちを見て、なにか人の役に立てる人間になれたらなって」

うん、知ってるよ。おまえは真面目で頑張り屋だから、ちゃんとその夢も叶えて立派な大人になるよ。

「でも、それと生徒会長になんの関係が？」

「生徒会長ってわたしに向いてないと思わない？」

「思う」

「こら、正直に言うな！　おっぱいミサイル飛ばすぞ！」

おっぱいミサイルってなに!?　もしかして俺の幼馴染みサイボーグなの!?

「それで？　向いてないと自覚してるなら、なおさらに疑問だけど」

「訓練かな！　向いてないと思うことや、自分にはまだよくわからないことへ挑戦する訓練！　海外に行ったら未知なことってたくさんありそうじゃない？　言葉の壁だったり、文化の違いだったり、困難なことは必ずある。そうしたらさ、わたしのことだから嫌だなー、わたしには無理だなーってすぐ諦めちゃうと思うの」

「そうか？ 俺はおまえがそんな簡単に諦めるようなやつじゃないと思うけど」

「おお、嬉しいこと言ってくれるね！ しょうがないな、おっぱい揉んでいいぞ」

「なんでもおっぱいに結び付けるな！」

でも、奈央の言うことはわかる気がする。今の奈央はまだ高校一年生。子供だ。まだ見ぬ大きな社会に自分はどれくらい適応できるのか、漠然とした不安を抱えるのも無理ない。俺だって二十七歳にもなってまだ不安だらけなんだから。

「だから自分が向いてないことに挑戦しようと思って立候補したの。えへへー学校をよくしようだなんて考えはありませーん！ 自分のためだけという不純な動機なのです！」

「不純じゃないよ」

「えー、そうかなー？」

「ああ、立派だと思う。俺だけのお墨付きじゃ不安なら、課長にも聞いてみな？ 奈央の動機を知ったら課長はますますやる気を出すと思うぞ」

課長はそういう人だ。俺が保証する。まあ、でも課長のことだから、奈央がなにか思惑があって真剣に今回の選挙と向き合ってることくらい、とっくに気付いているだろう。

「いひひ、ありがとうね七哉。今の七哉なら女の子にもモテるよ」

「一言余計だよ」

奈央は満面の笑みで俺を照れくさそうに見る。まったく感情豊かなやつだ。

「それよりカチョーとは大丈夫なの？　ちゃんと謝りなよー」

「謝るもなにも、なんで怒ってるのかがわからないんだよ」

「んー、確かにカチョーって一見クールだけど意外とかわいらしくて子供っぽかったり、でもやっぱり本当に高校生？　って思うくらい大人っぽかったり、不思議な人だよね。なに考えてるかわかりにくい。そこがカチョーの魅力なんだけどね。ミステリアス美女」

奈央の言う通り、タイムリープしてからの課長は前より感情豊かになっていて、その分、なにを考えているかわかりにくくなった。会社にいるときはすぐ課長の機嫌《きげん》がいいかわかったのにな。なんだろう、高校生の肉体に精神が引っ張られているのだろうか。なにその怖いSF。

「くそー、わかんねー！」

「でもカチョーって七哉のこと好きだよね多分。すごいデレデレしてるときあるし」

「ないない。からかわれてるだけ」

「えー、そうかなー？　七哉、鈍感だからなー」

別に俺は鈍感じゃない。むしろ、ちょっとしたことですぐ、この子俺のこと好きなんじゃね？　って思う童貞だ。だけどそれで何度も痛い目見てるんだ。そりゃ俺だって本当は脈ありかもと思いたいよ。

「どちらにしろ、そろそろ戻らないと課長じゃなくて小冬がうるさいから行こう」

「そうだね。とりあえず平謝りしとけばカチョーも許してくれるよ。ゴリ押し謝罪でなんとかなる！」

ニヒヒと小悪魔みたいに笑う奈央と席を立ち俺たちはリビングへ戻った。

小冬がまたうるさいこと言わないかと警戒していたが、坂野くん、白木ちゃんと楽しくお喋りしていて、どうやら俺たちが抜けてたことに気付いていないようだ。この三人も普通にしてれば仲のいい中学生グループじゃないか。そういえば、小冬が友達を家に招いたのは初めてかもしれない。いい友達ができたようで、兄としては少し安心だ。もちろん少しってのは一割ほどで、残りの九割は不安しかないが。

「仲がいいのね」

小冬の代わりに俺たちを待っていたのは仁王立《におうだ》ちした課長だった。

相当気合い入れてボクササイズしていたのか、汗だくだ。

「あー、カチョー嫉妬してるー。やっぱ七哉のこと好きなんだー！」

おい、バカ、やめろ。機嫌の悪い課長をからかうとか、モニタリング検証でもしてんのかよおまえは。空気の読めない女子にからかわれたら課長は怒る？　怒らない？　怒るに決まってんだろ！　お蔵入りだばかやろう！

「そそそそそそそんなわけないでしょ！」

ほら怒った！　知らないぞ、奈央がなんとかしろよ。

「照れちゃってカチョーかっわいい！」

どう見たらあれが照れてるように見えんだよ！　顔真っ赤じゃねーか！

「下野くん！　この子どうにかして！」

「わお、まさかの課長じきじきに俺へのパス。だけどすみません、俺にはこいつを止めるすべがわかりません」

「幼馴染みなんでしょう⁉」

「幼馴染みだからこそ、こいつを止められないことを熟知しているのです！」

「そんなことで威張らないでよ！」

「おっ、お二人さん息ぴったりだねー！　ヒューヒュー！　新婚みたい！」

「うっううう！　そのワードはもうやめてええ‼　びええええん‼」

「え⁉　なんでカチョー号泣《ごうきゅう》してるの⁉　七哉なんで⁉」

「し、知らん！」

やはり新婚ギャグが原因だったのか。薄々そうじゃないかとは思ってたけど、だとしてもなんて返せば正解だったんだ。俺には難易度高すぎたよ。女子の心わからないよ。

「ちょっとおばさんたち、なに人の家で騒いでるの！　小冬のいないところで勝手に盛り上がるんじゃないわよ！」

頼むこれ以上この場をかき乱さないでくれ妹よ！　あと奈央はいいけど課長におばさんは

地味にやめてあげて！

「びえええええん！　中学生におばさんて言われたあああ！」

「小冬ちゃん、おばさんはわたしもショックだよ！　さっきあんなに仲良くゲームしたのに！」

「うっさいわねパイパイおばさん！　お兄ちゃんに近付く年増の女はみんなおばさんよ！」

「パイパイおばさん⁉　そんなステラおばさんみたいな言い方で！　ちょっとおもしろいよ小冬ちゃん！」

「びえええええん！　どうせ私はアラサーよおおおお！」

「大丈夫です課長！　若返ってますから！　ぴっちぴちのＪＫですから！」

結局、このカオス状態はこのあと三十分も続いたのであった。

上條透花さんの日記　非公開

以前の日記

上條透花の鍵アカmixi日記　【社会人2年目】

4月19日　日曜日

明日は社内研修を終えた新人の配属初日(*^_^*)

うちの部署には四名の営業と二名の事務が配属される予定☆

私も明日にはもう先輩である(´д｀)

今日はゆっくり休んで鋭気を養ったし……って言っても一日中ゲームしてただけだけど。

ま、まあいいのだ！　私は休日のうち、一日はアクティブに、一日はぐーたらと決めているのだ(｡･ω･｡)

よーし、明日は威厳のある姿を見せてやる！

待ってろよ～新人くんたち～(o^^o)！

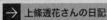

「それはどう考えても七っちが悪いぜ！」

翌日の放課後。恐らく俺《おれ》の知り合いで最も女心をわかっているであろう男子、田所鬼吉《たどころおにきち》に昨夜のことを話して返ってきた言葉だ。教室には帰り支度《じたく》をしているクラスメートがまだチラホラ残っているので、周りに聞かれないよう俺はできる限り小さな声で言う。

「やっぱ、そうなのか？」

「当たり前っしょ！　新婚さんみたいと言われたら、そうだねマイハニー、このまま籍入れに役所行っちゃう!?　ヒュイ！　って返すとこっしょー」

「いや、それも違うと思うけど！　てか声デカいよ！」

「しかも、『根に持たなくてもいいじゃないですか？』なんてのは最悪だぜー。オタクくさい返しだぞ。いいか七っち、オタクはいいけどオタクくさいのはダメだぜ？」

うっ、言わんとすることはわかる。

「わかったよ。反省する。なにか挽回《ばんかい》する方法ないかな？」

「そりゃあるに決まってるっしょ？」

「え、なになに⁉」

「デデデデートに、ささささ誘うぜヒュイゴー！」

エアスクラッチをしながらとんでもないことを言い出すDJ鬼吉。

「うん、無理」

この世に上司をデートに誘うポンコツ平社員なんて存在しえないんだよ！

「無理じゃないぜー！　行くぜ！　カモン！」

「え⁉」

ふいに鬼吉が俺の腕をつかんで教室を飛び出した。

猛ダッシュで向かった先は二階。腕を振りほどこうにも身長が高い鬼吉との体格差は覆《くつがえ》すこともできず、あっという間に目的地に着いてしまった。

「上條《かみじょう》先輩いますかー！」

鬼吉が二年生の教室で叫ぶ。

選挙活動の話題でなにげなく課長の情報を鬼吉に与えてしまったのがあだとなった。

教室の奥にいた課長がこちらを見る。その反応で鬼吉は上條透花《とうか》が誰《だれ》であるか把握したのだろう。俺をずるずる引きずり課長のもとへと近寄っていった。

「初めまっ！　鬼ちゃんこと田所鬼吉でぇーす！　いぇーい！」

ピッと右手を前に出す鬼吉。あまりの勢いに、つい反応してしまったのか、握手をしながら課長が困惑の表情で言う。

「か、上條透花です」

「透花、よろしくだぜ！ ヒュイ！」

なに呼び捨てにしてんだよ！ 先輩だぞ！

オドオドする課長が助けを求めるような目で俺を一瞬見るも、すぐにプイッとそっぽを向いてしまう。やっぱ昨日のことまだ怒っているのか。

「鬼吉に七哉《ななや》、どうしたの？」

よく見ると課長の横に奈央《なお》がいた。

「奈央こそ、なんで二年生の教室に？」

「カチョーと今度の休みに美容室行くって話してたの」

「え、課長髪切るんですか？ 綺麗《きれい》なのにもったいない」

「ひゃひゃひゃにを言い出すの下野《しもの》くん！ 私じゃないわ、奈央ちゃん！」

「え⁉ わたし髪切るの⁉ カチョーの付き添いだと思ってたけど！」

本人が知らないというまさかの展開。

「落ち着いて奈央ちゃん。ごめんね、言い方が悪かったわ。別に髪を切るわけじゃないの。選挙に向けてヘアセットをしてもらうのよ」

ヘアセットってのは髪を整えるってことか？ 俺はあまり髪をいじらないので、そこら辺は疎《うと》い。奈央の髪型は肩にギリギリかからない程度のショートカットで、ところどころ外にハネている。お世辞にも綺麗に整っているとはいえないが、女子高生の髪型としては別にさほど違和感ない。若者らしい髪型だ。

「ヘアセットかあ……」

女子同士で通じるところがあるのか、割と奈央は課長の言葉に納得したような表情を浮かべていた。

「そうよ。選挙当日スピーチがあるでしょう？　準備期間も大事だけれど、やっぱり一番投票に影響を与えるのは最後のスピーチよ。スピーチに説得力がなければ、準備期間中コツコツと誘導してきた浮動票が一気に失われる危険性がある」

「それはそうですね。でもそれと髪の毛を整えるのになんの関係が？」

俺が言うと課長から冷たい視線が飛んでくる。また俺なにかやっちゃいました？

「……スピーチってのはプレゼンでしょう？　ようは自分を売り込む営業。営業マンがまず初めに最も気にしなければいけないことは？」

「ああ……！　第一印象ですね！」

やっべー、こんなこともすぐ理解できないなんて、そりゃ課長怒るわ。

「正解。人間てのはなんだかんだ見た目が大切なの。どんなにいい演説をしたって、その人が信用できないと思われたら内容なんて誰の頭にも残らない。それを決めるのが第一印象。

別に奈央ちゃんの印象が悪いってわけじゃないわよ。かわいいし元気が出るし最高の印象」

「わーいカチョーに褒《ほ》められたー！」

心底嬉《うれ》しそうにはしゃぐ奈央。確かにこいつを見ていると元気が出る。

「だけどスピーチをするのに必要な説得力は奈央ちゃんから微塵《みじん》も感じられない」

「わー！　カチョーに悪口言われたー、泣けるー」

「かといって、大きく見た目を変える必要はないわ。逆にわざとらしくなっちゃうからね。髪を綺麗にセットする。その程度で普段のギャップからグッと説得力が増すのよ」

俺は大口顧客へ初メンテナンスに行った日を思い出す。あのときも課長は俺のネクタイを直してくれた。些細《ささい》なことかもしれないがその小さな変化が、大きな影響を与える。まるでバタフライ効果だ。

「でも今度の休みにセットしても夜シャンプーしたら崩れちゃうよ？」

「大丈夫よ、私がやり方を見てセット覚えるから当日は任せて。まずはプロのやり方を学ぶための予行ってところよ。私がいつも行っている美容室なら腕は間違いないから」

その腕のいいというプロの技を、見ただけで覚えられると自信満々に言えるのが課長らしい。

「なら安心だね！」

奈央が嬉しそうに言う。すっかりカチョーを慕《した》っているな。

「当日は制服もちゃんと着るのよ。それ、ちょ、ちょっと胸が見えすぎじゃない？」

課長は奈央の豊満な胸を見ながら顔を赤らめる。二十八歳の女性がウブすぎないか？

「はいはーい！　カチョーが言うならそうしまーす！　ところで七哉たちはなにしにきたの？」

「ヘイーヘーイ！　ようやく七っちのターンだな！　七っちが透花に言いたいことあるんだってよ！」

やばい、そうだ忘れてた。俺はこのチャラ男《お》に無理矢理ここへ連れてこられてるんだった。

「……なによ」

課長が腕を組んでこちらを見る。この感じ、久しい。ミスをしたあと課長に報告をするときの気分だ。いや……よく考えたら、俺はとんでもないことをしているな。自分の不用意な発言で上司を怒らせたのに、謝ってもいないのだ。高校生に戻って課長とすごす時間が長くなったせいか、感覚が麻痺《まひ》していたのではないか。戻ったのは肉体年齢。中身は立派な大人なんだ。

まったく、失礼な男だな俺は。鬼吉から提案されたデートというのは難しい話だが、しっかりと謝罪をし、誠意を見せなければ。

よし……もうこの教室にも俺たち以外の生徒は残ってないし、今さら奈央や鬼吉に変だと思われてもどうってことない。

下野七哉、腹を決めるぞ。

「上條課長！」

俺は廊下まで響く声で課長の名前を呼び、そしてその場で土下座した。

「この度《たび》は私の不用意な発言で上條課長に、大変、不快な思いをさせてしまい、誠に申し訳ございませんでした！　部下としてあるまじき行為であったこと、心より深くお詫《わ》び申し上げます！　つきましては反省の意を込めて、次の日曜、お食事にお誘いできればと思っているのですが、いかがでしょうか‼」

俺はクワッと顔を上げ課長の表情を確認する。

課長は顔を真っ赤《まっか》にしていた。そして、幾度となく聞いてきた怒鳴り声で一喝。

「バカじゃないのっ‼」

これが下野流、サラリーマン、男の謝罪である。

◆

「課長、小冬《こふゆ》の誕生日のとき、お酒飲んでませんでした？」

「なっ、飲んでないわよ！」

「すみません、調子にのりました」

あんな大泣きする課長なんて見たことないし、てっきり俺と奈央がテラスへ出ている間に一人でこっそり酒でも飲んだんじゃないかと思っていたが、この様子だと違うらしい。

もしかして課長は想像以上に乙女《おとめ》なのだろうか。

「昨日は奈央と美容室行ってきたんですか？」

「……行ってきたわよ」

「あれ、課長もちょっと髪切りました？」

「え⁉　ま、まあ毛先だけ。ついでよついで。別に意味なんてないからね」

おお、ちょっと変わったなと思って言ってみてよかった。

迎えた日曜日の正午前。

俺と課長は駅前の時計下に私服姿で立っていた。

プライベートで課長と会うなど、長年の付き合いの中で今日が初めてだ。もちろん課長の私服姿を見るのも初めて。

しかし、課長のことだからバリバリの大人っぽいパンツスタイルで来ると予想していたのだが、驚くことにスカートをはいている。しかもけっこうミニ。女子高生っぽいと言えばそうなのだけれど、課長っぽいかと聞かれればノーと答えてしまうだろう。やっぱり、課長って乙女度高め？

とはいえ、スタイルのいい美人。抜群に似合っている。上も綺麗なフリルブラウス。淡いグリーンがキュートだ。いつもより幼く見え、そのギャップがたまらない。髪型もいつもと違うハーフアップスタイルで新鮮だ。やっぱり、すさまじくこの人はかわいい。

「下野くん、なにジロジロ見てるの？」

「いや、課長の私服かわいいなって思って」

「ぶち殺すわよ！」

え⁉　褒めたのに⁉

課長は切りたての髪を指でいじりながら、スカートの裾《すそ》をつまんでモジモジと体を揺らしている。また余計なことで怒らせてしまったか。こういうときは直接容姿《ようし》を褒めるより、着ている服なんかを褒めてあげるといいよって恋愛メンタリストYuito《ユイト》が言ってたんだけどな。褒め方が悪かったのだろうか？

「どこよ？」

「うん？　なにがですか？」

「具体的にどこがかわいいのよ」

いや、割と喜んでた⁉　乙女心ムズっ！

でもここはこの前の挽回だ。好感度を上げるチャンス！

課長がチラッチラッとこっちを見てるぞ。よし、一発かましたれ七哉！

「えっとですね……………………」

「思い浮かばないならいいわよ！」

やってしまった。思い浮かばないわけではないんだ。適切な言葉が見つからないというか、つまり語彙力《ごいりょく》がないんだ。くー、つくづく俺はダメな男だぜ。

しかし、一日はまだ始まったばかり。

お食事の誘いになんだかんだで来てくれた課長。結果的に鬼吉が提案したとおり、今日は二人きりのデートとなった。ここで課長の機嫌《きげん》を取り戻さなければ。

まあ、食事と言っても、一応高校生なのでディナーというわけにはいかず、ランチなんだが。行くお店は事前に決めている。この近くに隠れ家的なパスタ屋があるのを昔、ヤリチンの係長から教えてもらったことがある。いつか、ここぞというときに使ってやると思っていたのだが、そのここぞというときが来たのだ。

「それじゃ、行きましょうか課長。とびっきり美味《おい》しいパスタをご馳走《ちそう》しますよ!」

◆

駅を離れてから約十分。町中にある古びた小さなパチンコ店の前で俺は口を開けていた。

「下野くんってパチンコするの?」

「あ、あれ? ここのはずなのに……もしかしてつぶれちゃった?」

おかしい。ここにある建物の地下にあったはず。パチンコ屋なんてなかったぞ。

すると課長が俺に言った。

「つぶれたんじゃなくて、これからできるんじゃない？」

俺は数秒思考を巡らせ、納得した。なるほど、もともとあった建物がつぶれたのではなく、この古びたパチンコ店がつぶれ、そのあとに新しく建つのだろう。

「ああ……そうか、ここは十一年前なんだ。とんだ誤算だ……すみません課長」

「別にいいわよ。駅前戻ればお店なんていくらでもあるでしょ？」

結局、わざわざ駅前まで戻ることに。女子を無意味に二十分も歩かせてしまった。

とりあえず目に入ったチェーン店のイタリアンでランチをすることにした。

席に着くなり、課長が嬉しそうにメニューを指さして言う。

「私、アボガドとエビのクリームパスタっ」。

「じゃあ、おれはナポリタン頼みます……」

「まーだ落ち込んでるの？　しょうがないでしょ、なかったものはなかったんだから。それに私この店好きよー。一人でよく来るの」

ニコっと笑う課長。

「怒ってないんですか課長？」

「別に怒ってないわよ。……というか、私もこの前は怒りすぎたというか、すねちゃったというか……今日は誘ってくれただけで嬉しかったというか。ま、もういいじゃない！　ね！」

「課長～！　やっぱり俺は課長の部下でよかったです～！」

「こんなところでまで課長って言うな！　あと、学校で土下座はやめてよね！　二度としないでよ！」

課長がほほをふくらませ拳《こぶし》を振り上げるフリをする。くそー、優しくされたあとにそんなかわいい仕草《しぐさ》されたらメロメロになっちゃうよー。

しかし、どうしたものか。当初の計画がくるってしまった。

実は係長に教えてもらった例のパスタ屋が入っている建物はアミューズメント施設で、一階はゲームセンター、二階は映画館があったのだ。食後は定番のUFOキャッチャーでもして、盛り上がったら映画……という、いかにも高校生らしいデートプランを考えていたのだが、全《すべ》て白紙と化してしまった。休みの日に上司を連れ出しといて、このままランチだけというわけにもいかないし。

「はぁ～」

「まーた、ため息なんてついちゃって。お姉さんといるのが楽しくないのかな七哉くんは？」

出た。いつもの課長デレモード。今の俺としてはこのデレデレに甘えてしまいたくなるが、そういうわけにもいかん。

「お水取ってきますね」

「あ、うん」

席を立った俺は、そのままドリンクバーコーナーに向かう。そして、ドリンクバーの横に設置された給水器で水をくみながら、必死でプランを練る。

大人なら適当に昼飲みでも誘えばそれだけで一日成立するのだけれど、未成年の今、アルコール抜きでトーク勝負など俺には無理だ。こういうときロクに恋愛もしてこれなかった男の弱点がモロに出てしまう。

二つのコップに水をくみ終え、結局なにも思い浮かばないまま席へ戻ろうと踵《きびす》を返す。

それと同時に嫌なものを目撃してしまった。

俺たちの一つうしろの席に、見覚えのある二人組が座っている。変装のつもりか、二人してわざとらしくキャップを被《かぶ》っているが、巨乳とノッポのチャラ男なんていう特徴的な容姿のあいつらに俺が気付かないわけない。

「あいつら、付けてきやがったな」

奈央と鬼吉がおもしろがって俺たちを尾行しているのだろう。いっそのこと二人も巻き込んでしまえば俺一人でデートプランを熟考する必要もないのでは……と思ったりもしたが、あくまでこれは課長へのお詫びを込めてという食事会であって、ただ友人たちと遊んですごした休日にしてしまっては、意味がない。

やつらに付けられてることを課長に言っても、それはそれでいろいろ誤解を招き面倒になりそうだし。気付かなかったことにしてやりすごすか。

頭を悩ませながら、俺は課長の待つ席へと戻った。

「お水ありがとう。注文しといたわよ」

「ありがとうございます、課長」

「本当にどうしたの？」

しかたない。悩んでても解決しないし白状するか。

「正直に言うとこのあとの予定考えてなくて」

「え、このあとフリーってこと？」

「はい、すみません！　誘ったくせになにも準備できない無能な男で本当にすみません！」

「違う違う、怒ってるんじゃなくて、行くとこ決まってないなら逆に私が行きたいとこあって」

「そうなんですか？」

「うん！」

課長が行きたいところか。プライベートな課長って全然知らないから、どんなものが好きか知るいい機会になるかも。

「じゃあ、そこ行きましょうか。どこですか？」

「会社！」

「は？」

「会社行ってみたくない⁉　十一年前の会社がどんな感じだったか見てみたい！」

「ちょ、ちょっと課長、声大きいですよ」

奈央たちに聞かれてないだろうか？　ていうか、この人はなにを言い出すんだ。せっかく高校生に戻って出勤しなくてよくなったのに、なぜ自ら会社へ⁉　筋金入りの仕事好きかよ！

「楽しみねー」

「いや、待ってください、まだ決めないでください」

尾行されてるのに会社なんて行ったら、なんて思われるか。確かに俺も奈央たちの前で課長って呼んだり、土下座したり、おかまいなしだったけど、あれはいざとなったら冗談で誤魔化《ごまか》せる範囲だからであって、さすがに会社に行くのはまずいでしょ！　というか会社行ってなにするんだよ！

「下野くん嫌なの？」

「嫌というか、せっかくなんだし、もっと高校生らしいことしましょうよ。ね？」

「社会見学、立派に学生らしいじゃない。学生の本分は学業にあり、それすなわち社会へ出るための準備ということよ」

「だめだ、この人に高校生らしさを求めるのが間違いだ」

「そうと決まったら早くご飯食べて準備しましょう！」

はたしてこれは、デートと呼んでいいのだろうか。

◆

本当に来てしまった。

電車にのり、最寄り駅から徒歩八分。本社の次に人員が多いうちの支社はそこそこ大規模なビルの三フロアを借りている。よく俺はこんな大きい企業に入れたなと、このビルを見る度に思う。

「なんか会社見ると落ち着くわね」

「あんただけだよ！」

「え？」

「え、じゃないですよ！　いくら上司でもそれくらいのツッコミはさせてください！」

何日かぶりに見てもそんな感想出てこないよ。過去美化フィルターかかってても無理だよ。正確には未来美化だけどな。ややこしい。

しかし入り口までは来られても、さすがに中までは入れない。別に改めて見たところで会社の外観は十一年前も大して変わらないし、もう満足だろう。

「課長、もう行きますか」

「そうね、入りましょうか」

「俺は、あなたの、一言、一句が、理解、できない!!」

「せっかく来たんだから入るに決まってるじゃない」

「あのね課長、今ね課長は高校生なんです。キャピキャピの女子高生なんです。この企業とは一切関《いっさいかか》わりないんですよ？　わかります？　会社からしたらあなたは部外者なんです。課長だったら部外者の子供が突然やってきて社内に入れます？」

「入れないわね」

「そうでしょう、まったく」

「私ならね」

「はい？」

「私は入れないけど、私じゃなければ入れてくれるんじゃない？」

やばい、なに言ってるかまったくわからない。俺はさっさとここから離れたいんだ。長居すればするほど、あとで尾行してる二人に問い詰められたら返す言葉に困るんだ。それじゃなくても、こんなオフィス街に建つビルの前で高校生がウロチョロしてること自体が不審だっていうのに。

「あ、下野くん！　あれ見て！　係長！　あれ、中川《なかがわ》係長だよね！」

「え？　どれがですか……って、本当だ、係長だ！　若っ！」

紫のネクタイにピンクのワイシャツと、派手な格好をした二十代前半くらいのサラリーマンが一人、ビルの入り口へ向かって歩いてきた。年齢は違うが見慣れた顔であることは間違いない。

「まだ新人の頃《ころ》だよね！　一年目とか二年目じゃない⁉　わっかーい！　イケメンに磨きがかかるわねー」

「そ、そうですか？　襟足《えりあし》が少し長いしちょっとダサくないですか？」

うん、もちろん嫉妬《しっと》だよ。

「ま、中川係長がこの時間にここを通るだろうってことは計算済みなんだけどね。あの人お昼休憩から帰ってくる時間いつも同じだからね。もしかしたらって思ってたのよ」

そう言って課長がニヤリと笑う。

「課長、まさか？」

「ちょっと下野くんここで待ってなさい」

課長は俺の肩をポンと叩《たた》くと、そのまま若かりし係長のもとへ近寄っていった。

そして、ためらいもなく係長に話しかける。少し戸惑《とまど》う様子を見せていた係長だったが、なぜかすぐ笑顔に変わる。どんな話術使ったんだよ。

俺は課長のいない隙《すき》に辺りを見回す。あの二人はどこに隠れているか。あ、いた。ベタに茂みから頭が見えている。今のうちにバレてるぞと注意しに行くか。が、その前に課長が戻ってきてしまった。

「中に入れそうよ」

「マジかよ！　なに言ったんですか⁉」

「就活中の大学生だけど会社を見学させてほしいって言っただけ」

「大学生って……課長なら見えなくもないか」

あのエロ係長、課長みたいな美人だからなんの考えもなしにオッケー出したに違いない。

だけど、ここまで来たら今さら引き返すわけにもいかないか。しかたなくビルの入り口前で待っている係長のもとへと二人で向かった。

「あれ、男の子もいるの？」

露骨に係長が不満そうな顔で言う。

すかさず課長が笑顔で返す。

「弟の七哉です。まだ高校生なんですけど、弟も御社に興味を持っていて。ね、七哉？」

「え、ああ、うん。お姉ちゃん」

「ふーん……確かに大学生には見えないし……いいよ！　弟くん、高校生なのに社会見学とは感心じゃないか！　よし、二人とも付いてきたまえ！」

ちょろっ！　しかし、こんなあっさりと会社に侵入できるとは、課長おそるべし。

しかたない、このまま中に入ってしまえば、さすがに奈央たちも付いてこれないだろうし、ポジティブにとらえるか。

俺たちは係長のあとに続きビルへと入った。エレベーターにのり、やってきたのは四階の営業部。毎日通っていたので見慣れてはいるのだが、漂《ただよ》う雰囲気はいつもと少しだけ違う。

不思議な感覚だ。

「デスクの配置とか今とはだいぶ違いますね。事務と営業のフロアもパーテーションで区切られてるし」

俺は課長に耳打ちする。

「ああ、この配置の頃はまだ下野くん入社してなかったもんね。私が一年目のときはこうだったのよ。事務とも相当ギスギスしててね。あんな仕切りあったら仕事やりにくくてしょうがないわよ」

「もしかして課長が改善するように提案したんですか?」

「そうよ。最初は事務の人も営業の新人がえらそうにって私のこと邪険にしてたけど、すぐに打ち解けたわ。社内でいがみ合ってても意味ないでしょう?」

サラッと言ってるけど、なかなかすごいことしてるなこの人は。

「あ、君たち一応課長に挨拶《あいさつ》しに行くからこっち来て」

係長が俺たちに手招きしながら奥の席へ向かった。そこに座っていたのは中年の男性。小太りでくちびるが厚い。どこかで見覚えのある顔だが、思い出せない。

「野々村《ののむら》課長、この子うちの会社に興味あるみたいで、隣町の大学生です。就活中らしく、見学したいって言うから連れてきました」

「ん? また中川くんは勝手なことを。まあ、君が言うなら大目に見るが。どれどれ、ほうほうこれはなかなか、うん」

目を細めてニヤニヤする男性課長。野々村……野々村って、ああ！　新人の女の子にセクハラして課長がブチギレた、あの本社の野々村部長か！　元はうちの課長だったのか。

「突然の押しかけすみません。上條と言います。よろしくお願いいたします」

「美人だねぇ君。ところでそっちの男の子は？」

野々村部長の視線が途端、鋭くなり俺に向けられる。

「弟らしいですよ。彼も高校生だけど、うちに興味あるみたいです」

「ふーむ、なるほど。うむうむ、感心な姉弟《きょうだい》だね」

弟とわかったときの反応が一緒だなこのエロコンビは！

「中川くん、君もう今月の売り上げ達成してるだろ？　午後はこの二人を案内してやりなさい。未来の戦力は大切にしなきゃだからね」

「了解でーす」

今月の売り上げって、まだ六月入って間もないぞ？　見た目はチャラいけど本当この人も優秀だな。

野々村部長の許可が下り改めて俺たちは社内を回ることになった。

「あれ本社の部長よ。若いときからスケベそうな顔してるわね」

今度は課長が耳打ちしてきた。

「ああ、はい気付きました。同感です。課長が入社したときはうちの支社にもういなかったんですか？」

「うん。そのときはもう本社に異動してたはず」

「課長がブチギレてからあの人、一切うちの支社来なくなりましたよね」

「ちょっと、その話はしないでよ。……私そんなにキレてた？　怖かった？」

「はい。この人は鬼の里から来たのかなと思いました」

無言で脇腹《わきばら》をつねられた。痛いけどかわいい。

「こっちが事務ねー。書類とかいろいろやってくれるとこ」

係長がパーテーションで仕切られていた奥に俺たちを案内して言う。

事務のフロアは打鍵音《だけんおん》のみが響き渡り、いやに空気が重い。

並んでいたデスクの中、若い女性が一人、俺たちに気付いてこちらにやってきた。

「ちょっと中川くん。なにその子たち」

「お疲れ様です、高野《たかの》さん。就活生の会社見学ですよー。未来の戦力です」

「なにをわけのわからない……営業は暇でいいわね。どうでもいいけど仕事の邪魔しないでくれる？」

ゴミを見るような冷たい目付きだ。綺麗な顔立ちをしてるのに、もったいない。

「あれ、高野さんじゃない。若いわね」

課長が小声で言う。

「え？　あ、本当だ。面影《おもかげ》ある。高野さんこんな美人だったんだ」

いつもニコニコして俺に飴《あめ》をくれる優しい事務の高野さんだ！　とにかく人当たりがよくて、仕事もできて頼りになるベテラン事務さんである。確かついこの間、四十になっちゃったなんて自虐してたからこの頃《ころ》は二十九歳か。

しかし、まるで別人だな。俺の知る高野さんはこんなキツい感じの人じゃないぞ。中川係長ともそんなに仲は悪くないはずだが。

「課長、若い頃の高野さん、なんか怖くないですか？」

「そりゃピリピリしてるのよ。さっきも言ったけど、事務と営業は仲が悪かったの。営業が見積もりや申請書関係なんでも丸投げするから事務さんたちの負担が半端《はんぱ》なかったのよ」

「へー、そりゃ、のんきに子供を社内でウロウロさせてたらイラッともするか」

「それよりさっき高野さんのこと美人って言った？」

「ええ、言いましたけど。若い頃の高野さん、かわいくないですか？」

「言っておくけど、目の前の高野さんが若くて美人だろうが、あなたと高野さんの年の差は変わらないんだからね。それに高野さんは私が入社したときは既に結婚してたから、今はフリーでも、もう未来の旦那《だんな》さんは決まってるの。わかる？」

「いや、わかってますよ。どうしたんですか急に」

「別に」

そっぽを向く課長。マジでどうしたんだこの人。

そんな会話をしてるうちに、中川係長と高野さんのやりとりも終わったみたいで、とりあえず別のところに行こうと係長に言われ、その場を離れることになった。

営業部を出て階段を下り、やってきたのは三階にある休憩所。自動販売機が並ぶ横には扉で区切られた小さな喫煙所もある。

「ごめんねー、なんか怖いところ見せて」

係長が自販機で買った缶ジュースを俺たちに渡しながら言う。

「ありがとうございます。事務さん仕事量が多くて大変なんじゃないですかね」

缶ジュースを受け取った課長が係長に返す。直球なこと言うな。

「ま、それもあるんだろうけどね。一応もっと営業が事務処理やるよう、俺も課長に改善案出してるんだけど、あの人頭固くてねー。営業は営業活動に専念すればいい、事務処理は事務の仕事だーって、いやいや、そのまんまかよって」

笑う係長。頭のキレるこの人のことだ。連携のバランスが取れてないことぐらいは、やはり気付いているんだな。だけど中川係長だってまだこのときは新人。いくら成績がよくても、そこまで意見を通すことは無理だということか。うん、いや、じゃあ一年目でそれを改善した上條透花はなにもんだよって話だけど。

「でも、それだけじゃないんだよ」

係長が自分用に買った缶コーヒーを開けながら話を続けた。

俺が係長に聞く。

「それだけじゃない？」

「うん。俺とさっきの事務の人、浮気《うわき》してんだよね」

「「は⁉」」

俺と課長の声が綺麗に重なった。

「高野さん……さっきの人ね、高野さんも俺もそれぞれ恋人いるんだけどさ、いやーあの人けっこう美人じゃん？　つい手出したくなっちゃってね。ヤっちゃった」

やめろ！　もうこれ以上その話はやめろ！　てか会社を見学したいって来た学生相手によくそんな下世話な話をベラベラと喋《しゃべ》るな！　頭イカれてるのかこいつは！　ほら見ろ、課長が怯《おび》えて俺の腕をつかみながら震えてるぞ！　いやこれは怯えてるのか、怒りに震えてるのかわからんな！

「そうしたらさ、なんかあいつ俺の女みたいな顔してきてさー」

ああ、ダメだ。俺の腕を握っている課長の力が強くなってきた。

「多分、君みたいなかわいい女子大生連れてきたから嫉妬してたんじゃ……って、あれ？」

俺はダッシュしていた。課長の手を握りながらビルの廊下を走っていた。

あのまま、あのエロ係長の話を聞いていたら鬼神が目覚めてしまうところだ。だから鬼神が覚醒《かくせい》する前に、俺は逃げたのだ。幸いビルの構造はわかっている。ここ俺の職場だし。

そのまま階段を駆け下りて、俺と課長は外に出る。

「ハアハア、課長……もういいでしょう……今日は帰りましょう」

「……」

「課長？」

返事がないので不思議に思った俺は振り返って課長を見る。

顔が真っ赤だ。やはりさっきのエロ係長への怒りが収まらないか。

「……下野くん」

「はい」

「……手」

「え？　ああ、すみません！」

そういえば、ドサクサに紛《まぎ》れて課長の手を握ってしまっていた。とっさに手を離す俺。まだジンと課長の柔らかい手の感触が残っている。急に恥ずかしくなってきた。

「い、いや別に……ま、まったくあの係長は若いときから変わらないのね！　高野さんが浮気してる話は聞きたくなかったけど」

「そ、そうですね！」

まだドキドキしている。なんだか会話がぎこちない。

「ご、ごめんねわがまま言っちゃって。そうね、会社の様子見れて満足だし、もう帰りましょうか」

「は、はい！」

俺たちはビルを背に歩きだす。

女の人の手を握ったのは初めてだ。キャバクラだのなんだのと会社の先輩に大人のお店へ連れて行ってもらったことはあるが、純粋に……それも好きな人の手に触れたことなんて、この人生で一度もなかった。

あー恥ずかしい。恥ずかしいけど、チラッと横にいる課長の手を見てしまう。

ちゃんと、ちゃんともう一回、握りたい。

綺麗で白いその手から、視線を上げると、ふいに課長と目が合ってしまった。

「あ、あの」

おいおい、俺はなにを言おうとしてるんだ。

課長が目をそらして俺に返す。

「な、なに？」

いや、言え。こういう勢いって大事なはずだ。Ｙｕｉｔｏ先生なら賛同してくれるはず。もう一度、手を握るんだ。

「課長、手を……」

「あー！　やっと出てきたー！」

「あちゃー、奈央ーバレちゃー尾行の意味ないっしょー！　ヒュイ！」

ああ、そうだった。すっかりこいつらのことを忘れていた。

◆

会社の前から逃げるようにして去った俺たちは、地元の駅に戻り、近くにある大きな公園へと来ていた。

噴水のある広いスペースまで着くと課長が言う。

「それで、あんなところであなたたちはなにしてたの？」

その言葉に奈央が反応する。

「カチョーと七哉のデートを尾行してたんだよ！」

「デデデデ、デートじゃないわよ！　え、あれデートなの下野くん⁉」

「違います」

この流れでそうですなんて言えるわけもない。

しかし、奈央のやつめ。問い詰められる側が悪びれる様子もなく答えを出しちゃあ、問い詰める側はそれ以上なにも言うことがなくなってしまうじゃないか。こいつのこういうところは本当に恐ろしい。

「二人こそ、あんなところでなにしてたの？」

ほーら、すぐに立場逆転。こっちが問い詰められる側だ。だけれど奈央みたいに容易《たやす》く白状するわけにはいかない。

「そ、それは……下野くん、ほら答えてあげて」

あ、この人ずるい！　俺に丸投げしてきた！　上司失格だ！

「えっと……あ、あのビルの一階に美味しいスイーツのお店が入ってて、そこに行ってたんだよ」

「えー？　なんか会社って感じだったよー。ね、鬼吉」

「そうだなー、ただのオフィスビルに見えたけど……まあ、一階に飲食店入ってるとこもあるしねー」

おお、鬼吉ナイスフォロー。

「へー、二人とも大人なデートするんだねー」

「奈央ちゃん、だからデートじゃないのよ。デートじゃないよね下野くん？」

なんでいちいち俺に確認するんだ。

「そうそう、奈央も俺の土下座見てたろ？　あれはお詫びの食事会なんだよ」

「それをデートって言うんじゃ？」

「『言いません！』」

今日は課長とハモることが多いな。

ともあれ、やや強引《ごういん》な俺たちの説得になんとか納得してくれたのか、奈央の追及はそこで終わった。そのタイミングを見逃さずチャンスと思ったのか、課長がすかさず話題を変えた。

「奈央ちゃん、昨日教えた歩き方はできるようになった？」

「歩き方？」

俺も便乗《びんじょう》するように課長の話題にのった。というか普通に疑問だった。歩き方ってなんの話だ？

「昨日、選挙のために少し歩き方の練習をしたの」

と、課長が答えてくれるも、いまいちピンとこない。

「さすが透花だぜ……ランウェイってことだな！　ヒュイマックス！　フゥーァ！」

テンション爆上げの鬼吉に俺はすかさずツッコむ。

「ランウェイってなんだよ！　パリコレじゃないんだよ！」

ヒュイマックスにはツッコまない。そこに言及してたらもうキリがないからだ。

「へー田所くん、勘がいいじゃない。なかなか頭がキレるのね」

え⁉　マジ⁉

「そりゃ俺には透花の考えなんてお見通しだからな。心が通じ合ってるって証拠さ。ウィンク」

ウィンクを口に出すな。そして完璧《かんぺき》なウィンクするな。確かに目から跳《は》ねる星が見えたぞ。

「もう田所くんったら、バカなことばっかり言わないの」

なんだなんだ。なんか二人の距離が妙に近く見えるのは錯覚《さっかく》か？　俺はモヤモヤっとジェラシーを感じ、少しだけ不機嫌なトーンで課長に聞く。

「ランウェイってどういうことですか？　全然意味がわからないです。ちゃんと説明してください」

課長が俺の顔を見る。表情は読めない。この子は田所くんと比べて理解力が低いわね、とか思われているのだろうか。

「選挙当日のスピーチをするとき、控え席からステージ中央の演台までの道のりも有権者には見られているということよ。つまりそこはランウェイ。歩き姿の印象も勝負に影響を与えるの」

ファッションショーのランウェイを歩くモデルたちも歩き方の練習は必須だという。細かい足の位置、角度、動かし方。すべてがパフォーマンスの一部だ。

それが選挙にも当てはまるということらしい。

「だけどモデルみたいな歩き方しても変じゃないですか？」

俺はふてくされた子供のように返す。課長の唱える理論に隙などないことを、誰より承知しながらも、どこか穴がないかともがいてみせる。

「モデルのように歩きなさいとは誰も言ってないわ」

「そうだぜ七っち。ていうか奈央にモデルウォークは無理でしょ」

「あっ、鬼吉めー酷《ひど》ーい！　えいえい！　シュッシュッ！」

奈央が鬼吉に向かって反抗のパンチを繰り出す。それを鬼吉は余裕の笑顔でかわす。

「そもそも奈央ちゃんは背筋もピンとして姿勢はもともといいの。別に印象自体は悪くないのよ」

「えへへー、カチョーに褒められたぁ」

「でも説得力は微塵も感じられないわ」

「デジャブだよカチョー！」

「奈央ちゃん、ちょっとあの噴水のところまで普段どおりに歩いてみて」

「はーい！」

元気に返事をして奈央は噴水に向かって歩きだす。素直だな。

チョコチョコと体をかわいらしく揺らして歩く奈央。特段おかしいとは思わないが……。

「下野くん、奈央ちゃんの歩き方見てどう？」

「そうですね、なんていうか小動物みたいですね。もちろんいい意味で」

いい意味だが、これもまた確かに課長の言う説得力とは対極な位置にあるかもしれない。

奈央は噴水の前にたどり着くとくるりと反転しこちらへ戻ってきた。

「下野くんが言う小動物みたいな歩き方っていうのは、まさに奈央ちゃんのイメージを決定付けているわよね。元気でかわいらしい印象」

なるほど、奈央がかわいらしいから小動物のような歩き方をするのではなく、小動物のような歩き方をするから奈央はよりかわいらしく見えるのか。歩き方一つで人間のイメージが変わる。先日の髪型と一緒だ。

「でも姿勢はいいですし、足の動かし方や手の振り方もそんなにおかしいとは思わないんですよね」

「そうね。モデルウォークを習得するってなると修正しなければいけないことはたくさんあるのでしょうけど、自然な歩き方としてはほぼ満点よ」

「じゃあ、どうすれば？」

どうすれば、小動物っぽい印象を変えられる？　先に答えたのは鬼吉だった。

「スピードだぜ！　ゴーゴーヘブンだぜ七っち！」

ゴーゴーヘブンてなんだよ！　天国行ってどうすんだよ……あ、スピードだからか。グループのほうね。こいつけっこうオヤジギャグ的なの多いな。案外こういうベタなギャグのほうが女子ウケいいのか？　一応メモしておこう。

って、そんなことより、

「スピードってのは歩く速さってこと？」

「ヘイヘーイ七っちわかってんじゃーん！ だよな透花！」

その透花ってのやめろ！ 上條先輩と呼べ！ 先輩付けても下の名前は許さん！ 上條先輩一択だ！

「さすが田所くんね」

「鬼吉。だろ、透花？」

なんなん？ 殺すよマジで。ナンバー1ホスト強すぎない？ 奈央がメンタル鋼《はがね》タイプならこいつはメンタルドラゴンタイプだわ。鬼で龍とかそりゃ強いわ。

「……鬼吉くんの言う通りよ」

あ！ 課長が素直に従った！ あの課長が⁉ これがナンバー1ホストの実力⁉ やばい、帰りたい。帰ってソシャゲしたい。でもスマホないからできない。俺はどうしたらいいんだ。課長と鬼吉の仲がどんどん深まっていく。もしかして課長も数週間後にはホストにハマる高収入OLみたいに……？

「下野くん聞いているの？」

「え、あ、はい、すみません。えっと、歩く速さでしたよね」

例え鬼吉の好感度が課長の中で上がろうとも、俺の好感度を下げるわけにはいかない。

相対的にさらに差が開くだけだ。ちゃんと理解できてるアピールしなければ。

「そう、歩く速さ。奈央ちゃんの歩く速さは普通の人より少し速いの。それに比例して歩幅と手の振りの感覚が短く全体的に小さく見える」

「それで小動物っぽく見えるのか……」

「体の動きが速いと、小さいだけじゃなくせわしなくも感じるから余裕がないようにも見えるのよ」

「なるほど、だから説得力にかける」

姿勢がいい分もったいない。

「だから、動作をゆっくりするだけで、だいぶ印象が変わるはずよ。奈央ちゃん今度は昨日教えた通り、ゆっくり歩くことを意識してまた噴水まで歩いてみてくれる?」

「了解しましたー!」

奈央が歩きだす。

先ほどよりもゆっくり、ゆっくり、一歩一歩踏みしめながら歩く。

おお、かっこいい。様になってる。

「ねっ」

課長が俺に向かってウィンクをした。鬼吉と違って星じゃなくハートが跳んできそうなかわいいウィンクだ。

「すごいですね課長」

「奈央ちゃんも練習してきたのね。昨日よりとても様になってるわ」

「えへへー、頑張ったよー」

やっぱり課長はすごい。なにがすごいって、こんな誰でも気付きそうで気付かないところに着眼点を置くことだ。

俺は準備期間でいかに奈央を宣伝するか、そういった部分しか考えていなかった。

しかし、課長は奈央の魅力を引き出すためのプロデュースをあらゆる角度から模索している。課長のプレゼン力や経験則がものを言っている部分もあるだろう。けれど根本にあるのは、仕事に本気で向き合っているかということだ。

課長はいつも手を抜かない。えらくなって権力を持っても、一つの仕事に対する熱量は俺たち下っ端と同じ……いや、それ以上だ。だからみんなこの人に付いていくんだ。

俺は改めて彼女を尊敬した。上條透花の部下になれて、俺は幸せものだ。

「カチョー、もう少しだけ練習してみたいから見ててもらっていい」

「もちろん！」

負けず劣らず、俺の幼馴染《おさななじ》みも尊敬できる女子である。

◆

「うん、完璧ね！　本番もそんな感じで頑張るのよ奈央ちゃん」

「了解しましたカチョー！」

課長のお墨付きが出たところで奈央のウォーキング練習は終わりを迎えた。

時刻は十五時すぎ。なんだかんだ一時間くらいは練習していただろうか。

疲れた顔も一切見せずやりとげた幼馴染みを褒めてやりたい。

「二人もお疲れ様。付き合ってくれてありがとうね」

「そんなそんな。逆に課長に任せっきりになってしまい申し訳ありません」

「そういや七っちはなんで透花のことを課長って呼ぶんだ？」

おまえが課長を透花って呼ぶほうがおかしいけどな。

「本当よねー鬼吉くん。七哉くんはなんで私のこと課長って呼ぶのかなー。変だよねー。

透花って呼ぶべきだよねー」

課長のスイッチが入った。面倒だな。

「奈央だってカチョーって呼んでるじゃないですか」

「わたしは七哉のマネだよー」

即答で俺が不利になること言うんじゃないよ。

「課長は課長だから課長でいいんですよ」

「意味わかんなーい。透花ぜーんぜん意味わかんなーい」

「マジで面倒だなこの人」

「今なんつった？」

「すみません課長！　調子にのりました！」

だいたい幼馴染みでもない限り女子のこと名前で呼べるかよ。恥ずかしいじゃねーか。ホストじゃねーんだよ。

「なんか七っちと透花って会社の上司と部下みたいだな。おもしろ」

俺と課長は同時に鬼吉から目をそらす。

「あ、そういえば七哉、推薦スピーチよろしくね」

「え？」

奈央がタイミングよく話題を変えてくれたのはありがたいのだが、推薦スピーチってのは選挙の当日にやる演説のことだよな。

「え、じゃないよ。七哉、応援会長じゃん」

確かにそうだけれど、推薦スピーチのことなんてまったく頭になかった。

「俺スピーチなんて下手《へた》だし無理だよ」

「えー、下手ならお願いしたくないなあ」

「そう言われるとなんかムカつくな！　ていうか、推薦スピーチなら俺より適任の人がいるだろ？」

奈央は俺の言いたいことを理解したようで、ああっと手を叩く。

俺と奈央、ついでに鬼吉も、一斉に課長の顔を見た。

「え、私？　でも普通は会長がやるもんじゃない？」

「公式に会長って申請を出してるわけでもないですし、応援会のメンバーなら誰でも大丈夫ですよ」

「まあ……それはそうかもしれないけれど……私でいいのかしら」

「なに言ってんですか、課長がやらなくて誰がやるって話ですよ」

「そうだよカチョー！　先に七哉に頼んだわたしが恥ずかしいくらいだよ！」

「おい、さっきからおまえ言いすぎだぞ！」

「ふふふ、わかったわ！　私が奈央ちゃんを生徒会長にしてみせるわよ！」

「よっ！　さすが課長！」

「よろしくねカチョー！」

俺は十一年前の選挙を思い出す。課長のスピーチはすごかった。問題提起から完璧な改善案。抑揚《よくよう》の付いた聞きやすい演説は、まるで酸素が行き渡るかのように脳へスッとインプットされる。全校生徒が課長の口から出る一言一句に釘付《くぎづ》けになっていた。

形は違えど、また課長のあの伝説的なスピーチが聞けるとなり、俺はワクワクしてしまう。

課長の本領発揮ってやつだ。

話が落ち着いたところで俺たちは公園を出て帰路につくことにした。

先に課長と奈央を送り、俺は鬼吉と二人並んで自宅までの道を歩く。

「ありがとうな鬼吉。なんだかんだ課長と仲直りできたよ」

「水くさいぜ七っち。俺たち親友っしょ！　友情マックスイエァ！」

まったく照れもなくまっすぐ言うなこいつは。今も昔も未来も、変わらない、よき親友だ。

「それより七っちこの前、六組の辰城《たつき》と揉《も》めたらしいじゃん？」

「ん？　ああ、俺というか課長が、かな。あの男のことだからなにか報復でもしてくるかなって心配してたけど、今のところおとなしいな」

「奈央のこともちゃんと見ててやれよ」

鬼吉が立ち止まり、真剣な顔付きになる。

「奈央？」

「あれ、聞いてないのか？」

「奈央と辰城またなにかあったのか？」

「……いや、奈央本人から聞いてないなら俺からは言わないでおくよ。あと本人にも詮索《せんさく》するなよ。童貞くんは乙女心に疎いからな」

「あ、おまえまで言うか！」

「ししし、まあ、女に困ったときはいつでも俺に言えよ。なんとかしてやるからな」

「そうならないように努力するよ」

それに俺には恋愛メンタリストＹｕｉｔｏが付いているからな。心配しなくても鬼吉の手をわずらわせることはないよ。

「じゃあ、帰ろうぜ七っち！　ヒュイヒュイ、ヒュイゴー！」

「おう！」

ちょうど空も赤く染まり、男同士の青春も閉幕の時間である。

◆

数日経《た》ったある日の夜。

「あ……牛乳切れてる」

冷蔵庫を開いて気付く。ここしばらく選挙の準備で忙しくて買い物にも行けてなかった。

俺はキッチンからリビングの時計を覗《のぞ》く。二十一時か……。近くのスーパーは閉まってるけど、コンビニは高いし……しかたない、少し遠出するか。

俺は静かに玄関に向かい、そーっと外へ出た。

二十一時にはもう小冬は寝ている。今の子供に比べたら少し布団《ふとん》に入るのが早いかもしれないが、うちの妹は規則正しいのだ。かわいいところもあるだろ？

自転車にまたがり、俺は駅前の方角へペダルをこぐ。

夜道を走りながらあくびを一つ。最近疲れがたまっている気がする。

タイムリープしたばかりのときは会社に行かなくていいと喜んでいたけれど、高校生活もやり直してみれば、なかなか楽なもんじゃない。今日は週の中日、水曜だ。明日も学校だしさっさと買うもん買って俺も早めに寝よう。

しばらく自転車を走らせ、十分ほどで駅前の商店街へと着く。ここなら二十四時間の大型スーパーがある。俺は自転車を降り、スーパーの方向へと歩き始めた。

自転車を手で引きながら並ぶ店をなにげなく見ていると、ふとカフェの前で俺の足が止まった。

「んん？」

目を凝らして窓越しに店内を覗く。

奥のほうに見覚えのある後頭部が……。

テーブルに顔を伏せている制服を着た女子高生が一人。細くて長いサラサラの黒髪だ。

俺はまさかと思い、自転車を停《と》めて店内へと入った。

「やっぱり」

課長が一人で寝ている。

テーブルの上を見るとカップに入ったコーヒーがまだ半分近く残っている。もうすっかり冷めていそうだ。

「ちゃんと俺に言われたこと反省して若者が選びそうなカフェに来てるのが課長らしいな」

寝ている課長の腕の下にはＡ４用紙が五枚ほど重なって置かれていた。スピーチの原稿だ。びっしりと書かれた文にはたくさんの修正線や注釈が入っている。

こんな時間まで一人で準備していたのか。

俺は課長を起こさないよう、静かに向かいの席へ座った。

綺麗な寝顔だ。

桃色のくちびるからスーッスーッと小さい寝息がもれる。

課長が適任だなんて簡単にスピーチを頼んでしまったけれど、彼女が優秀なのはいつもこういった裏での努力があることを忘れていた。申し訳ない。

本当この人には頭が上がらないな……。

「かちょうって……いうなぁ……むにゃむにゃ」

夢の中でまで俺は怒られているのか。俺はつい、課長の寝言にぷっと吹いてしまう。

そして、優しく彼女の頭へと手をのせた。

「お疲れ様です、透花さん」

静かに撫《な》でると、課長の頭がピクリと動いた。

「んん……」

　まずい、起きたか。

　俺はすぐに手をどける。

「あれ……？　下野くん……残業？　申請もらったっけ？」

「なに寝ぼけてるんですか課長。今は高校生ですよ」

「うん……ああ、そうだったわね……って、あれ下野くん⁉」

「寝ている課長見つけたんで、ちょっと見守ってました」

「え、え、え！　ちょ、ちょっと寝起きの顔見ないで！」

「大丈夫ですよ、十分かわいいです」

「うるさい、バカ！」

　この人、焦《あせ》るとすぐ暴言吐くな。そこがまたかわいいんだけど。

「こんなとこで寝たら体に悪いですよ。もう、夜も遅いですし今日はここら辺にして帰りましょう」

「そ、そうね。ていうか下野くんはなんでここにいるの？」

「あ、そうだ。牛乳切らしちゃってて買いにきたんです。俺スーパー寄ってくんですけど、課長一人で帰れますか？」

「子供じゃないんだから帰れるわよ。あ、でも、七哉くんが寂《さび》しいって言うなら、お姉さんがスーパーまで付き合ってあげてもいいかなー」

「はいはい。カフェで寝落ちするほど疲れてるんですから、早く帰って布団入ってください」

「ふん、あっそ。じゃあ帰るわよ」

そう言ってスピーチ原稿と筆記用具をカバンにしまう課長。コーヒーカップは俺があとで返却口に持っていくからそのままでいいと課長に告げる。

準備が整ったようで、課長が立ち上がった。

「制服なんで補導されないでくださいね。今の課長は高校生なんですから」

「わかってるわよ。あなたタイムリープしてからちょっと私のことバカにし始めてない？」

「そんな上司に向かってめっそうもない。あはは、でも会社にいたときよりは課長と仲良くなれている気がします」

「〜〜っ！　ぶ、部下が生意気《なまいき》言ってんじゃないわよ！」

顔を真っ赤にして課長は俺と目も合わさずにそさくさと帰っていってしまった。

「部下……か……」

見た目は高校生だけど、やはり「課長」である上條透花にとって、俺はあくまで「部下」の下野くんなんだよな。

せっかくやり直しのチャンスを神様からもらっているのに、結局俺はなにができているのだろう。

ため息をつき、俺はコーヒーカップだけが寂しく残ったテーブルに肘《ひじ》を突いた。

「ため息をつくと幸せが逃げるだなんてよく言われているけれど、科学的には自律神経を整えるのに効果的なんだよ少年」

俺の目の前にトレーを持った青年が来て言った。えらく爽《さわ》やかな香りのするイケメンだ。タートルネックのセーターに黒のスキニー。大学生くらいだろうか。童顔な俺とは対照的に大人びている。

そんな青年を俺が不思議そうに見つめていると、彼は白い歯を見せて続ける。

「君、さっきまで一緒にいた女の子のこと、好きなのだろう？」

「え⁉　な、なにを急に」

「彼女を見るときの眼球の動き、手の位置、言葉のスピード、それらを見て総合的に僕はそう判断したんだが、違ったかい？」

「いや、それは……まあ、当たってますけど」

なにを俺は初対面の男にやすやすと答えてしまっているんだ。しかし、彼が放つ不思議なオーラに、つい口が勝手に動いてしまう。

「自信がないんだね。彼女に釣り合えるか」

「……！」

「だから彼女から寄せられている好意が信用できない。いや、というよりは自分の判断を信用できないってところかな」

な、なんなんだこの男。なにも言い返せない。

「そんな迷える子羊の君に、一つだけアドバイスを送ろう」

「アドバイス……？」

「ネガティブってのは案外悪いことじゃない。謙虚さは優しい男の特徴だ。君は多分親切で優しい男なのだろう」

「どうですかね……争いごとは嫌いですけど、それが優しいのかって聞かれても自信持って言えないです」

「ほら、とても謙虚だ。それでいい。優しすぎる男はモテないだなんてよく言われるけれど、それは短期的な恋愛でのみの話。確かに短期で見れば容姿が優れていたり、多少強引な男性のほうがモテる。だけど長期的な恋愛においては親切な男性、つまり君みたいな謙虚で優しい男が圧倒的にモテるんだ。だから君が本当にさっきの女の子を落としたいなら、根気よくそのままの君でいればいい」

「は、はい。ありがとうございます」

「どういたしまして」

青年がとびきりのイケメンスマイルを見せた。爽やかすぎて俺でも惚《ほ》れそうだ。

「あの……なんで面識もない俺なんかに？」

「僕は君みたいな悩んでいる子羊を見るとつい救ってあげたくなってしまうんだよ。近いうちにそんな仕事もできればいいなと思っている」

「へえ、頑張ってください」

「ありがとう。君こそ頑張ってね」

そう言ってイケメンは持っていたトレーを返却口へと運んだ。そして去り際《ぎわ》に再度、振り向いて俺の顔を見た。

「そうそう、最後にもう一つ。争いごとを避けるという君のリスクマネージメントは論理的思考で非常にいいことだ。だけど、ときには感情に身を任せ女性のために戦うのも悪くない。男は一発やらなきゃいけないときがある。これればかりは科学的根拠もなにもないけれどね。僕個人の男としてのアドバイスだ。それじゃあ、よい恋愛を」

彼はそのまま店の出口へと向かった。ずっと待っていたのか、オシャレな女子が出口前で迎える。

「もう遅いよ唯人《ゆいと》。なにしてたのー」

「あはは、ごめんごめん。ほら、行こう」

カランカランと鐘を鳴らして店をあとにする二人。

俺は両手を後頭部に当て、彼の言葉を頭の中で復唱する。不思議な青年だった。

俺のすべてを見透かされていたような。それでいて今俺がなにをするべきか、教えてもらえた気がする。

それにしても、どこかで見たことある顔だったな。声も聞いたことあるような……。

ん……？　さっきあの女子、彼のことをなんて呼んだ……？

まさか……!?

俺はコーヒーカップを返却口へ置くと急いで店を出て辺りを見渡した。

しかし、彼の姿はもう見当たらなかった。

けれども俺は深々と頭を下げた。見えない彼の背中に向かって。

「ありがとうございました！　恋愛メンタリストＹｕｉｔｏ先生！」

俺、きっと、課長の横へ立つのにふさわしい男になってみせます！

その夜、帰って飲んだ牛乳は格別の味だった。

上條透花の
モーニングルーティーン

社会人時代 休日編

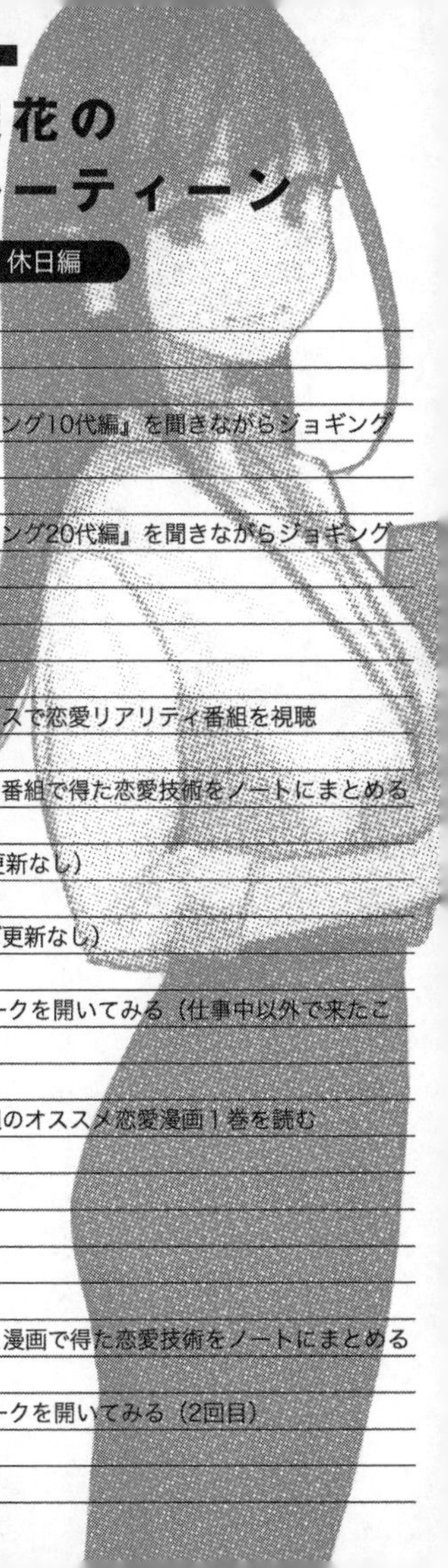

AM 05:30	起床&歯磨き
AM 05:40	自作プレイリスト『恋愛応援ソング10代編』を聞きながらジョギングに出発
AM 06:15	自作プレイリスト『恋愛応援ソング20代編』を聞きながらジョギング継続
AM 06:40	帰宅後、シャワー&半身浴
AM 07:00	半身浴しながら動画配信サービスで恋愛リアリティ番組を視聴
AM 07:30	ヘアドライ後、朝食&先ほどの番組で得た恋愛技術をノートにまとめる
AM 08:00	下野のtwitterチェック（ほぼ更新なし）
AM 08:03	下野のインスタチェック（ほぼ更新なし）
AM 08:05	下野からLINEが来てないかトークを開いてみる（仕事中以外で来たことはない）
AM 08:07	部下の女性社員から借りた今週のオススメ恋愛漫画１巻を読む
AM 08:30	漫画アプリで続きを読み漁る
AM 09:35	課金してポイント購入
AM 09:50	さらに課金してポイント購入&漫画で得た恋愛技術をノートにまとめる
AM 09:55	下野からLINEが来てないかトークを開いてみる（2回目）
AM 10:00	ホットヨガに行く準備&出発

第5章 やっぱりデレデレしたい上條透花のタイムリープ日記2

Why is my strict boss melted by me？

「あ〜くそ〜！　下野七哉《しものななや》のやろう〜！」

私はカフェから帰宅後、ベッドの上で枕《まくら》に顔をうずめ暴《あば》れていた。

「ふざけんな！　ふざけんな！　ふざけんな！」

反則だ。あんなの反則に決まってる。

寝ている女子の頭を撫《な》でといて、え、なによ。

「なによ『お疲れ様です、透花《とうか》さん』って！　キュンキュンするに決まってんじゃない！」

確かに私は寝ていた。つい、ウトウトして少しだけとテーブルに伏せてしまった。だけど、熟睡じゃない。

レム睡眠。つまり眠りが浅い状態だ。

頭に手を置かれた段階で脳は半覚醒《はんかくせい》し、声を聞いたらそれが下野くんの声と理解ぐらいはする。

確かにその瞬間は素で寝ぼけていたけれど、帰ってからよくよく思い出してみれば、あいつはとんでもないことをしていたではないか。

なんなんだ。ちょいちょい私服かわいいだとか、髪綺麗《かみきれい》だとか、天然ジゴロかよ！　絶対自覚ないだろあの男！

自覚なんてあるわけないのだ。

タイムリープしてからどれだけあざとくデレデレしても一向に響かないやつに自覚なんてあってたまるか。

こっちがどれだけ葛藤した上、恥ずかしくても頑張ってアタックしてると思ってるんだ。あんなに反応が薄かったら普通の女子は血反吐《ちへど》を吐いて下水道に頭から突っ込んでるところよ。いくら私でも、もう心が折れそうだ。自分でやり通すと決めたことは途中でやめたことのない私が初めて挫折《ざせつ》しそうになっている。

だというのに、さっきみたいなことしやがって。

あの男……だてに事務の主婦からモテてないわね。

私はベッドから体を起こしてため息をついた。

なにがダメなのかしら。

ああいう、ふいなことされると、意識的にデレようとするのと違って、つい悪態ついてしまう。

やっぱりそれがダメなのかな。

モテる女子は、褒《ほ》められたときなんかもかわいく応《こた》えるんだろうな。

それが素でかわいい女と、私みたいな意図的にかわいく見せようとしている女の違いなんだろう。うう……私ってかわいくない女。

この前の小冬《こふゆ》ちゃんの誕生日会のときだってそうだ。

あんなお祝いの場で私は一人すねて、ふてくされて。最悪だ。

でも、でも、でも、ショックだったのだ。

下野くんがいつか言ってくれた新婚夫婦みたいだという言葉。そりゃ彼が本気でそんなことを考えて言っただなんてバカみたいな勘違いはしていない。

だけど、冗談なんだから根に持つな、だなんて言い方はないだろう。わかってるよ、わかってる。冗談なのはわかって……冗談だったのかよー！　ああああ！　冗談だったのー⁉

あああ、今思い出しても切なすぎて泣けてくる‼　あの日から何回、新婚旅行どこに行こうかなって妄想したと思ってんのよー‼　そんで私の渾身《こんしん》の新婚ネタ返しをあんな軽く流されたら放心状態にもなるわよ！

でも、いいんだ。

今日ナデナデしてもらったから。

チャラよチャラ。

なんだかさっき寝てしまったのもあって目が冴《さ》えてしまっている。

私はベッドから離れ、パーカーを羽織《はお》った。

さすがに成人するまではお酒は控えようと思っているが、飲みたい気分だ。

コンビニ行ってノンアルコールビールでも買ってくるか。確かノンアルでも高校生は買えないらしいけど、私服ならバレないだろう。どうやら私は十七歳でも女子高生には見えないらしいからね。

鞄《かばん》から財布だけ取り出し、そのまま私は自室を出て玄関へ向かった。

玄関先に座りランニングシューズを履《は》いているとガチャリとドアが開く。

「ただいま」

五つ上の兄が帰ってきた。

「おかえりなさい」

「なんだい透花、今から出かけるのか？　もう二十二時すぎてるよ」

自分だってこんな遅く帰ってきてよく言うわ。どうせまた女の子とデートでもしてたんでしょ。

「ちょっとコンビニ行ってくるだけよ」

「そうか。まあ、気を付けてね」

兄が私の頭に手をポンと置く。

「あー！　ちょっとお兄ちゃん‼」

「うん？　どうしたんだい」

もー、最悪！　下野くんに撫でてもらった頭がものの一時間ほどで上書きされた！　しかも兄妹《きょうだい》に！　ムカつくー！

「もう……いいよぉ」

本当泣けてくる。半ベソかきながら私はランニングシューズのひもを結び終え、立ち上がった。

「ご機嫌《きげん》ナナメだね」

「うっさい。あ、お兄ちゃん……男の人が女子の頭を、その……撫でたりするときってのは、ど、どういう心境なの？　そういうの得意なんでしょ」

「ああ、なるほど、そういうことか。男が女子の頭を撫でる、ね。好きな男子にでもされたのかい？」

「は、はあ⁉　意味わかんないんですけどー。意味わからな申し上げるんですけどー？」

「あはは、透花はわかりやすいなぁ。少なくとも好意のない女子にはしないから、喜んでいいよ」

「あっそ。質問の答えになってないけど」

「しかし、あの少年の悩みは杞憂《きゆう》だったわけか。いや、逆に大変かもな……」

「なにブツブツ言ってるの？」

「なんでもないよ。それより女子高生がカフェで居眠りしてちゃ危ないよ。今度から気を付けなね」

「え⁉　もしかしていたの⁉」

「それじゃ、あまり遅くなっちゃダメだよ」

「あ、ちょっとお兄ちゃん！　待て、バカ唯人《ゆいと》！」

私の声を無視して兄はキザに片手だけ上げリビングへ消えていった。

その背中を睨《にら》みながら私は玄関を出る。

あのバカ兄、いるなら起こせってのよ。ったく。

ま、それにしても。

へー、好意のない女子にはしないのか。

へー。まあ、別にどうでもいいけど。へー。

ちょっと涼しい、初夏の夜道。

一人、街灯に照らされて。

スキップしながら向かうコンビニである。

◆

コンビニで買い物を済ませた私は自宅に戻らず、その足で近くの公園へと来ていた。

ベンチに座りレジ袋からノンアルコールビールを手に取る。

目の前はこの公園のシンボルである大きな池。池の周りには大きく一周できるようランニングコースも設《もう》けられていて、ときおりジョギングをする人たちが私の前を通っていく。池から聞こえるカエルの合唱を肴《さかな》に、私はノンアルビールを豪快に喉《のど》へ通した。

「ぷはぁーっ！　やっぱビールだわー」

オヤジくさいかもしれないが下野くんに見られているわけでもないし、アルコールが入ってなければ誰《だれ》も文句はあるまい。

意外とノンアルでも気持ちだけ酔えるもんだ。気分がいい。

せっかくだしと公園に来てよかった。たまには野外で一人飲みも悪くないわ。

私が二口目を口につけたところで、目の前をカップルが横切る。二人とも二十代前半というところか。割と大きな公園なので帰り道のショートカットに使う人も多いのだ。

「ねえねえ、たっくんは私のどこが好きー？」

「ミホの好きなところ？　さあ、どこでしょう？」

若造が。突風に飛ばされてそこの池に落ちろ。

「えー、わかんなーい。私ブスだしー性格悪いしー頭も悪いしー」

それが本当なら男は今すぐにでも別れたほうがいいわね。

「そういう謙虚なところだよ。好きだよミホ」

はあ？　アホか！　バカか！　アホか！　アホか！　どこが謙虚だよ！　本読め！　本読んで筆者の心境を察する読解力を養《やしな》え！

「もうー、私もたっくん好き」

結局最初からそれ言いたいだけだろ！　くどいんだよ！　結論は初めから言え！　論文の鉄則だろ！

「ねーたっくん、なんかあの子こっち見てない？」

「やめとけ、こんな時間に一人で公園いるやつに関《かか》わらないほうがいいよ」

は？　は？　は？　見てませんけど。あんたたちが勝手に私の視界に入ってきたんですけど？　見られたくないならイチャイチャすな！　そうよ私の結論はイチャイチャすなよ！

ごめんね人のこと言えないわね！　私も結論から言うべきだったわね！

「なんか睨んでる、こわーい」

「ほら、いこいこ」

行け！　早く行け！　いますぐ行け！　目もくれず行け！

「はあ、はあ、はあ、はあ」

息を切らし、去っていく二人の背中を見ながら私は三口目を口に付ける。

あっというまに缶の中身は半分まで減っていた。

忘れよう。今見たことは忘れて気を取り直して飲もう。

「ちょ、ちょ待てよミホ！」

「知らない！　たっくんなんてもう知らない！」

さっきの二人が踵《きびす》を返してこちらに戻ってきた。

え、いや、私の視界から消えた数秒でなにがあった。まあ、ざまーないわ。人前でイチャイチャするからよ。あんなに仲睦《なかむつ》まじかったのにたった数秒で喧嘩《けんか》なんて、しょせん若い子たちの恋愛なんてそんなもんよね。

「あいつとは一回寝ただけなんだって。それきり！」

は？

「ちょっと、たつや〜そんなお子ちゃまな女、放っておいて行きましょうよ。一回なんて嘘《うそ》ついて、本当はこのカラダの虜《とりこ》で何回も抱いたくせに」

奥からもう一人、少し大人びた色気のある女が出てきた。

はあ？

「私はたっくんと結婚するつもりだったのに。こんなブスで、性格悪くて、頭の悪い私と付き合ってくれるたっくんが大好きで。キスだってたっくんが初めてだったのに」

おい、クソたつや！　ミホ泣かせてんじゃねーよ！

「いや、ちょっとそこまで言われると重いな」

はあ？　はあ？　はあ？

頭イカれてんのこの男。そもそも彼女の前で他《ほか》の女と寝たことを悪びれる様子もなく暴露する男の頭なんかイカれてないわけないわね！

「酷（ひど）い……たっくん酷いよ！」

「ミホそうだよな！　酷いよな！　いいよ、別れなよ！　さっきはごめんね、私誤解してたよ。ミホはかわいいし、性格いいし、いい女よ。でもこんな男に引っかかっちゃうのはちょっとお馬鹿（ばか）さんだったね、だから別れちゃいな。大丈夫ミホならすぐにいい男見つかるよ。

「なーにこの芋くさい女、泣いちゃって気持ち悪ーい。ねえ、たつやそんなの放っておいてホテル行こ。今日はいっぱい気持ちよくしてあげる」

あんたは黙ってろ！　今ミホとたつやが喋《しゃべ》ってんだろ！

「あー、そうだなー。もうこのバカ女と付き合ってんのもだるいし。こいつ全然ヤらしてくんないから面倒くせーなって思ってたんだよな」

よし、殴ろう。私は今からこいつをぶん殴ってやります。

「大人の付き合いってのをわかってないのね、お子ちゃま。ほら、たつや行きましょう」

「おう、そうするか。今夜は寝かさないぜ」

「いやーん」

「じゃーなミホ。もう連絡してくんなよ」

私は立ち上がり去ろうとする二人の背中を睨み右足を出す。

行かせるか！　一発殴ってやらなきゃ気が済まないわ！

「うう……ううう」

が、私の前で膝《ひざ》を崩し泣き始めるミホを見て、足が止まった。

夜の公園で一人泣いている女子を放っておけようか。

あんなバカたちに制裁を加えるよりも、しなければいけないことがある。

私はその場にしゃがみ込み、泣いているミホにハンカチを差し出した。

「大丈夫ミホ？」

「………いや、誰？」

うん、確かにその反応、大正解だわ。

◆

「どうぞ」

自動販売機で買ってきた缶コーヒーを渡して、私はベンチに座るミホの隣へと腰かける。

「ありがとう」

ミホは鼻をすすりながら私の顔を見て笑った。この子、本当にかわいいじゃない。

「少し落ち着いた？」

「うん、おかげさまで」

「そう、よかった。あなたいくつ？」

私はミホに聞く。

「二十二歳」

「そう」

大学生だろうか。二十二なら働いているかもしれない。

先ほど自己紹介したばかりの名前を呼んでミホが私に言った。

「透花ちゃんは？」

「二十八よ」

……っと！　つい、いつもの癖《くせ》で本来の歳《とし》を言ってしまった。中川《なかがわ》係長には大学生で通ったが、さすがに二十八は無理だろう。

「年上だあ」

いけた！　普通にいけた！　この子やっぱり天然なのかしら！　それとも今の私も二十八に見える⁉　それはそれでショックだわ！

「ま、まあ、あんな男のこと忘れなさい。ミホはまだ若いんだし、もっといい男が必ず見つかるわ」

「ありがとう、透花ちゃん。優しいんだね。さっきは怖いだなんて言ってごめんね」

こっちはこっちで心の中でなかなかな罵倒してたので、むしろ謝りたいのは私のほうだ。

「気にしてないわよ。こんな時間に一人でいる女なんて確かに怖いもの」

「透花ちゃんは彼氏いないの？　すごく美人だし、高校生に見えるくらい若々しいし、モテそう」

いや、しっかり高校生に見えてたんかい。

「いないわよ。男なんて変なのばっかで、私にはよくわかんないわ」

「二十八にもなって？」

この子、やっぱり天然ね。自然にダメージを与えてくるわ。てか二十八ってわかって六つも上の人にタメ口だし。まあ、でも厳密に言うと、本来はこの人のほうが五つも年上なのか。私が敬語使うべきなのよね。

私がもうほとんど残っていないノンアルビールを口に運ぶと、ミホが続けて聞いてきた。

「好きな人はいないの？」

「ゴホッゴホッ」

ビールが気管に入る。

「いるんだー！」

嬉《うれ》しそうにミホが言う。

「い、いないわよ」

「嘘だー。透花ちゃんわかりやすいよー。どんな人？　教えて教えて」

女子というのはなぜこんなに恋愛話が好きなのだろうか。ま、まあ、話してもいいけど。

「しょうがないわね……。ドジなんだけど、笑顔がかわいくて……すごく優しい人。自分のことを放って人を助けちゃうお人好《ひとよ》しなのよ」

「へー！　透花ちゃんも助けてもらって好きになったの？」

「ま、まあ……そんな感じ」

私はさっき出会ったばかりの女の子になにをベラベラと。恥ずかしくなってきた。

「どんなことがあったの？」

「内緒」

「えー、いいじゃん教えてよー」

「いやよ、恥ずかしいじゃない」

「ちぇー」

私はミホに言われてそのときのことを思い出す。

初めて彼を意識した日。

彼に恋した日。

十一年前の選挙の日。

ステージから落ちた私の下敷きになって、大ケガしながらも、彼は笑っていた。

痛かったろうに。苦しかったろうに。冷や汗を溢《あふ》れるほど額《ひたい》に浮かべ。

それでも彼は笑いながら私に言った。

「無事でよかった」

初めて男の人をかっこいいと思った。

これが恋なんだと理解した。

「あなたにも、きっといつか、そんな人が現れるわ」

あなたみたいな純粋な子には、ちゃんと神様が見てて、ご褒美《ほうび》をくれるわ。

「ん？　透花ちゃんなにか言った？」

「なーんでもない」

男の子の気持ちなんて本当にわからない。

でも、どんなにわからなくても、やっぱり私は頑張ろう。

上手《うま》くいかなくても、くじけそうになっても、簡単に諦《あきら》めるなんて自分の人生に失礼だ。

星が綺麗な静かな空。

久しぶりにできた新しいお友達に、私はとても上機嫌だ。

こんな素敵な夜に飲むビールは格別の味だった。

上條透花さんの日記　非公開

以前の日記

上條透花の鍵アカmixi日記　【社会人2年目】

4月20日　月曜日

ふおおおおおおおおおおおおお！

しししししし！

ししししししししししししし！

下野くんがあああああ！！

あの、下野七哉くんがうちの会社に！！　しかもうちの部署に！！

やったあああああああ(>_<)

これは運命ですよね神様 (*^-^*)　ラブ♡

明日から仕事がんばるぞ(｡･ω･｡)！　やったやった♪

あれ、でも、下野くん高校の話とか一切振ってこなかったような……

まさか、私……覚えられてない(´･ω･`)！？

迎えた選挙当日。

天候は十一年前と同じく快晴。

初夏の日差《ひざ》しが眩《まぶ》しく広がる体育館へ、甘草南《あまくさみなみ》高校の全校生徒が集まっていた。

立候補者と俺《おれ》たち応援会は体育館の左端に別席を設《もう》けられ、一列に並んで座っていた。

生徒会長に立候補したのは奈央《なお》を含めて三名。奈央以外は二人とも二年生だ。

応援会メンバーも含めると十名程度がズラリと並び、緊張感が俺の身を包む。

今日ここで応援会代表による推薦演説および、各立候補者の最終演説が行われる。演説が終わったあとは、そのまま投票へと移る。

奈央はこの数日間この日のために本当に頑張ってきた。

学校が終わったらバイトもあるのに朝早くからビラ配りをしたり、昼の休憩には校内放送での呼びかけをしていた。

けれど、それは奈央だけでなく立候補している他《ほか》の二人にだって言えること。ここにいる全員の努力が報《むく》われるわけではない。

だからこそ俺と課長は奈央を応援する。

彼女の友人代表として、バックアップする。

少しでも奈央の当選が現実に近付くよう、尽力するだけだ。

奈央のスピーチは順番でいうと最後だ。ちょうど今、ステージの上で一人目のスピーチが終わった。

選挙管理委員がステージ上でせわしなく動き演台のマイクを調整する。そして、二人目の立候補者と推薦者が俺たちの隣で立ち上がった。そのまま一人目と入れ違いで壇上へ上がる。

「なかなかいい演説だったわね」

俺の横で課長が言った。

ステージに真剣なまなざしを向けている課長は、緊張しているのか膝《ひざ》の上でこぶしを握っていた。

「そうですね」

俺が課長に返事をすると同時に体育館中に大きな拍手が広がり、二人目の立候補者の応援会による推薦演説が始まる。

俺はステージを見ながら十一年前を思い出していた。

十一年前の今日、あのステージの前で俺は座っていた。

そこに天使が落ちてきた。

ジブリ映画のようなボーイミーツガールの始まりと呼ぶにはあまり綺麗《きれい》なできごとではなかったが。

あのとき、課長はステージから落ち、俺は恋に落ちた。

できればその出会いを甘酸っぱい青春の思い出にしたいのだけれど、そうもいかない。

あれは起こってはいけない事故……いや、事件だ。

起こした犯人は今回もステージの上で選挙管理委員として仏頂面《ぶっちょうづら》をしながら待機している。

仕事をしたくないなら選挙管理委員会になど入らなければいいものをと思うも、どうやら聞いた話によると辰城《たつき》のクラスである六組は希望者が出なかったらしく、クジでの決定だったとのこと。

「どうしたの七哉《ななや》？　怖い顔しちゃって。緊張してんならおっぱい揉《も》んどくか？」

「おまえは本当にメンタル鋼《はがね》タイプだな。緊張しないのか？」

「全然。だって七哉とカチョーがいるもん」

俺の隣でニヒヒと笑う奈央。かわいいやつめ。

そういえば十一年前の奈央は一人で選挙にのぞんでいた。俺に応援会長を頼んでくることもなく、推薦演説もなかった。

だけど今回は違う。

これはいいバタフライ効果だ。やっぱり勝負は一人より仲間がいたほうがいいに決まっている。

課長の完璧《かんぺき》なヘアセットで今日の奈央は一段と綺麗だ。制服もしっかりと着て、彼女なりの覚悟がうかがえる。

奈央の凛々《りり》しい横顔に俺は言う。

「安心しろ。俺たちが付いてる」

「かっこいいじゃん」

「そうだろ？　たまには俺だってかっこいいところ見せたいからな」

ドヤ顔で奈央の顔を見ると、なぜか下を向いて顔を赤くしていた。

「え、照れてんの？」

「えへへ、ちょっとね。だって本当にかっこよかったし」

喜んでるのか。課長と違って感情表現がわかりやすいやつだ。

会場は二人目の演説が終わり拍手に包まれる。

ようやく奈央の番だ。二人目がステージから下りるのを見て奈央が立ち上がる。

そして、それに合わせて俺も立つ。

「あれ、カチョーじゃないの？」

「言ったろ、俺だってかっこいいとこ見せたいって」

それじゃあ、喜んでくれた奈央が本当に安心して今日を終えられるよう、下野《しもの》七哉、いっちょ頑張ってみるか。

◆

ステージへ上がった俺と奈央は二人で演台の脇《わき》に立つ。

視界に入る大勢の生徒たちの目が、俺の心臓をバクバクと高鳴らせていた。

やばい、緊張で吐きそうだ。

下から見ているときはそこまで高いと思わなかったステージが、今はまるでサスペンスドラマの最後に出てくる崖のようだ。こんなに高かったたか……?

選挙管理委員の進行役からアナウンスが入る。

「それではまず応援会代表による推薦スピーチです。お願いします」

俺はつばを飲み込み、マイクの前へと出た。

呼吸が徐々に浅くなる。

思い返してみれば二十七年間の人生、こういった人前に立つような経験はしてこなかった。

というか自分から避けてきた気がする。

俺ってここまであがり症だったのか。

震える手で原稿を演台に置き、声を出す。

「あ……中津川《なかつがわ》奈央さんの推薦者、し、下野七哉でぇすぅっ」

キィィィィインとマイクのハウリング音が響き渡る。

声が見事に裏返った。顔が一気に熱くなる。

生徒たちがシーンと音も立てずに俺を見ている。

例のごとく今すぐ帰ってソシャゲをしたい病に陥《おちい》りそうになるが、すんでのところで意識を改めた。

奈央が頑張ってきたことをここで水の泡にするのか。

逃げるな。立ち向かえ。

俺は目を落とし、スピーチ用の原稿を見た。

課長の用意した原稿。

いくつもの修正と注釈が入った原稿。

遅くまでカフェに残って考えた原稿。

奈央のために必死に書いた原稿。

上條透花《かみじょうとうか》のすべてが詰まった原稿。


震えが止まった。

俺には優秀な上司が付いている。

失敗したって彼女が責任を取ってくれるだろう。

だから、部下の俺は、彼女のすべてを精一杯、みんなにプレゼンするだけだ。

「まず、私がみなさんに伝えたいのは中津川さんが――――」

俺は自信を持って原稿を読み上げた。

いかに中津川奈央が魅力的でいいやつか。

たった五分ほどの演説でそのすべてを集約しわかりやすく伝えられる、完璧な内容だった。

恐らく、そんな内容に恥じないくらいには、俺も上手《うま》く喋《しゃべ》れたのではないだろうか。

その証拠に、体育館内では盛大な拍手が広がった。

長いこと拍手は続き、しばらくして音が止んだところで俺は一礼し演台を離れた。

そして俺とすれ違いで奈央が動く。

そのときだ――――。

フッとステージ上で人影が横切る。

そして移動しようと足を上げた奈央の肩を、その人物が突き飛ばそうとした。

その手を俺は正確にとらえ、阻止する。

「そうはさせないぞ、辰城」

「……っ！」

腕を俺につかまれた辰城が顔を歪《ゆが》ませてこちらを睨《にら》む。

「悪いな。俺にはおまえの行動がお見通しなんだよ」

「なに言ってやがる。手を離しやがれこの三下が」

体育館がざわめき始める。

かといって動こうとする教師はいない。まったく大人たちが、なにやってんだか。

「振られた腹いせにしては報復が過激すぎるんじゃないか」

「は？　誰《だれ》が誰に振られたってんだよ」

「自分から誘導するなんておまえドMかよ。おまえが奈央にだろ」

そう、こいつは奈央に告白し、振られた逆恨《さかうら》みでステージから奈央を突き落とそうとしたのだ。十一年前と同じように。

最初に気付いたのは課長だった。

今日の朝。選挙のリハーサルで集められた俺たちは壇上に登る順番を確認するため、実際に本番と同じ動きをしていた。

予定どおり奈央と課長が壇上に登り、演説の立ち位置などもひと通り確認した。そして、リハーサルが終わってから俺は課長に呼び出された。

奈央とスピーチの入れ替わりをしたことで思い出したらしい。

十一年前、辰城に突き落とされたとき。ちょうどあの瞬間も次の順番で壇上に登ってきた奈央とすれ違った。突然のことに気が動転しながらも、課長はハッキリと見ていたらしい。辰城の視線が奈央に向いていたことを。

突き落とそうとした目標を見ないで、別のやつを見る？　なんのために……。

答えは課長が簡単に導き出してくれた。

「もともと辰城くんは、奈央ちゃんを突き落とす気だったのよ」

課長は俺にしか聞こえない小さな声でそう言った。

たまたま入れ替わりで奈央と課長の位置が重なり、タイミングがずれた辰城は結果的に課長を押す形になってしまったのだと。

確かに、それなら辰城が奈央に視線を向けていたことも納得がいく。

では、なぜ辰城は奈央を狙《ねら》ったのか……俺は十一年前流れていた噂《うわさ》を思い出した。

辰城が奈央に振られたという噂。もし、その逆恨みなら……。

「その噂……私も聞いた記憶があるわ。その女子が奈央ちゃんだったかは定かじゃないけど、辰城くんが誰かに振られたっていうのは。あの男なら振られた腹いせっていうのも十分ありえるわね」

課長がうなずく。俺の記憶では振られた相手が奈央だということも明確だったので、その線で間違いないだろう。課長に注意された逆恨みっていうのはフェイクだったわけだ。

そして、もう一つ気になっていたこと。

鬼吉《おにきち》が言っていた「奈央のこともちゃんと見ててやれよ」だ。あれは、鬼吉からの警告だったのだ。恐らく今回も辰城は奈央に振られている。

そう言い切れるのは、小冬《こふゆ》の誕生日会でのことだ。あのとき奈央がなにを相談したかったのか俺はようやく理解した。

奈央は、辰城に告白されたことを俺に打ち明けたかったのだ。

ああ見えて気遣いの奈央のことだ。おおよそ、辰城の告白を無下《むげ》にすることに罪悪感を覚え、断れなくて悩んでいたのだろう。

そんなことも知らずに、俺は意気揚々《いきようよう》と自分語りをし、気付かぬまま奈央が告白を断るあと押しをしていたのだ。俺って人間は本当バカな野郎さ。

振られた辰城は、今回も逆恨みで奈央に痛い目を味わわせてやろうと思うに違いない。

俺と課長は確信する。証拠は十一年前の記憶で十分だ。

どうやら、俺たちはバタフライ効果に引っ張られすぎて肝心なことを忘れていたらしい。

確かに過去は変化している。だけれど、根本的な人間の資質や人格はそう簡単に変わらないのだ。

奈央が危ないと思った課長は、辰城がステージ上で動きを見せたら自分が止めると言い出した。

もちろん俺は課長の意見に反対した。そんな危ない役を課長にやらすわけにはいかない。

相手はあと先も考えない男なのだ。結論として選択肢は一つ。俺が課長の代わりにスピーチ役となり、奈央と一緒に壇上に上がって辰城から守る。

こっちは未来から来てるんだ。動きが読めている男の行動ぐらい楽に止められるさ。

そして作戦どおり、俺はしっかりと辰城の腕をとらえたというわけだ。

「こんな大ごとを平気で起こそうと考えるなんて、俺はおまえの将来が本気で心配だよ」

「うるせー！　テメーには関係ないだろうが！」

関係ない？　ふざけるな。こっちは小さい頃《ころ》から奈央と成長を重ねてきた幼馴染《おさななじ》みなんだよ。

辰城がつかまれた腕を振り払おうと暴《あば》れる。その反動で俺はバランスを崩して尻《しり》もちをついてしまった。

すかさず辰城が俺に向けてこぶしを振り上げた。

やばい、殴られる。

ちっ、俺が大ケガするって歴史も変わらないってか。

やっぱり人生やり直したってロクなことねーな。

「ヘイヘーイ、なに俺の親友ちゃんに手ー出してくれちゃってんの？　ヒュイ！　ゴー！」

辰城の繰り出した右フックを背の高いチャラ男《お》が制止した。

パンッと甲高《かんだか》い音がステージ上に響く。

なんてかっこいい登場だろうか。

「間に合ってよかったぜ七っち。透花に感謝しな」

鬼吉の視線に誘導されステージの袖《そで》を見てみると、前屈《まえかが》みになり肩で息をする課長がいた。

そして、俺の顔を見て親指をグッと立てる。

さすがです課長。

「鬼吉！」

「なんだテメー！　調子にのるなよ！」

辰城の顔が酷《ひど》く歪む。だいぶ頭に血が上っているようだ。

だが鬼吉と辰城では体格差がある。

「へイへーイ辰城ちゃーん、男ってのは調子にのるもんだぜ！　のり込めこのビッグウェーブに！　ヒュイゴー！」

鬼吉は流れるように体を半回転させ、つかんでいた辰城の右腕をやつの背中に持っていった。

あまりに綺麗に動くもんだから、辰城が力を入れていないんじゃないかと思ってしまうほどだ。すげー。

「くそ！　離せ！」

辰城が体を左右に大きく揺らしてもがくも、押さえている鬼吉はビクともしない。

男の俺でも惚《ほ》れそうだぜ鬼吉。

「こら、おまえたちやめなさい！」

のんきに一部始終を見ていた教師たちがようやく壇上へと上がってきた。上ってきたのは三人か……担任の林《はやし》もいる。校長と教頭はステージの下で様子を見守っている。まあ、若い教員が優先的に揉めごとを止めにくるのはしょうがないことだろう。

体育館中が騒然とする中、奈央が俺のブレザーの袖を静かにつかんだ。

その指は少しだけ震えていた。

「もう大丈夫だ奈央。安心しろ」

こわばっていた奈央の表情が徐々に弛緩《しかん》されていく。

ここまで毅然《きぜん》としていたことを褒《ほ》めてやりたい。

「おまえたち全員、今から職員室まで来い」

担任の林が言った。

俺は林に視線を向ける。

「先生、まだ奈央のスピーチが終わっていません」

眉間《みけん》にしわを寄せ、あからさまに不満そうな表情をぶつける林。

「なに言っている下野、こんな状態で続けられるわけないだろう。中津川は辞退だ」

まあ、確かに林の言っていることも一理ある。状況的には奈央のスピーチは中断するのが妥当な判断だろう。揉めごとが起きたら素早く対処して穏便《おんびん》にまとめなければいけない。ましてや、市議会議員の息子が関与しているのだから。

それがやつら、大人側の意見だ。

ステージ上に冷め切った空気が広がる。

林は俺から一切《いっさい》視線をそらそうとはしない。

彼は圧力をかけているのだ。あの廊下での一件と同じように。

大人の圧力。

強い立場の圧力。

俺が幾度となく経験し、そして負けてきたもの。

今、この体育館には何百人もの高校生たちがいる。子供たちが大人との戦いを見ている。

ただ黙って、少しの音すら立てぬよう息を潜めて。ことの顛末《てんまつ》を見守っている。

大人には大人の事情があるのだ。それは子供にはまだ理解できないことだろう。

だけれど、俺はやつらと同じ、大人だ。

ださくても、かっこ悪くても、子供に見せたら情けない姿でも。

大人の義務ってものがある。

子供を守る義務だ。

だから俺は頭を下げた。

目上の人にお願いをするため。

林に向かって深々と。

こちとら万年平社員の元サラリーマン。

頭を下げるのは得意だ。

「お願いします林先生。演説が終わったら必ずみんなで職員室に行きます。だから奈央にスピーチをさせてやってください」

俺はハッキリと一語一語、相手に伝わるよう、誠意を持って言った。

これが俺のやり方だ。大人として俺が学んできたやり方だ。

「あのな……下野」

「お願いします！」

数秒の間、静寂が続く。林の顔も周りの状況も、下を向いている俺にはわからない。それでも俺は返事があるまで頭を上げなかった。俺の声をわずかに拾ったマイクが起こす小さな反響音を、ただ黙って聞いていた。

乾いた喉《のど》が鳴りそうになったとき。

「校長先生、構いませんか？」

低い声がステージ下に向かった。林の声だ。

少し間が空《あ》く。

そして、再び林の声が響く。

「わかった。その代わり、下野に辰城それから田所《たどころ》はステージ袖でおとなしく待機していろ。

いいな」

「はい、ありがとうございます」

俺は顔を上げる。最初に鬼吉と目が合った。ウィンクされた。余裕だな。未来の鬼吉にハマる女性たちの気持ちがわかったぜ。そのときが来たら俺も一度こいつの勧めるホストクラブへ遊びに行ってみようか。

辰城は不満そうな顔をしていたが、事態が収拾されていくことに諦《あきら》めが付いたのか、それ以上暴れる様子は見せなかった。

その奥で課長がヤレヤレというような表情で俺を見ていた。

俺はそれに小さく笑って応《こた》える。

努力ってのは必ず報われるとは限らない。

だけど青春を謳歌《おうか》する子供たちには、努力の成果を披露する場だけは与えてやらなきゃならない。

それが大人の責任ってやつだ――。

◆

奈央のスピーチが始まった。

すべての投票が終わり各教室へ生徒たちが帰っていく中、奈央を含めた俺たちは職員室にある奥の個室で林の前に並んでいた。

十畳程度の狭い個室だ。恐らく客間だろう。職員室とは扉一つでつながっているが、壁でしっかり区切られているので部屋としての機能はあり、職員室からの音も遮断《しゃだん》されている。逆を言えばこちらの声も職員室には届かない。

なにが起こっているかはこの密室にいる人間しかわからない空間だ。

部屋には白い長机が一つ。その脇に、畳まれたパイプ椅子《いす》が何枚も重ねられている。

林はパイプ椅子を一つだけ取り出して開くと、そこに座って言った。

「なぜ上條までいるんだ。おまえは自分の教室に戻りなさい」

この部屋に呼び出されたのは、奈央に俺、鬼吉と辰城。課長は自分の意思でここに来ている。

林の怪訝《けげん》そうな顔に課長は冷たい目で返す。

「私も中津川さんの応援会です。田所くんを呼んだのも私ですし、しっかり関与しています」

課長の優秀ぶりは教師の間でも有名だという話を聞いたことがある。それに加えて先日の廊下での件。林の中で課長は厄介《やっかい》な人物と印象付けされてるに違いない。本来はこの場にいられるとやりにくいのだろう。しかし、それ以上にここから課長を追い出すことに力を入れるほうが時間の無駄と判断したらしい。林は面倒くさそうにため息をついた。

「はぁ……ならいい」

俺はそんな林にことの経緯をおおまかに説明した。

辰城の逆恨みであることを少しでも客観的な視点で伝わるよう、冷静に言葉を選んだ。

辰城は俺の話に対して割り込んで否定《ひてい》することなどはしなかった。よほど自分が罰せられないことに自信があるのか。無表情をつらぬくこの男に若干《じゃっかん》の不気味さすら感じる。

「大方の事情はわかった。先生たちも生徒のプライベートな交友関係まで口を出す気はない。しかし、あまり揉めごとを起こすんじゃない。この前も忠告したばかりだろう」

ひと通りの説明が終わると、林がそう言って俺たちを一瞥《いちべつ》した。

それは俺たちじゃなくて、辰城一人に言うべき言葉じゃないだろうか。

「とにかく、連帯責任だ。おまえたち今日は放課後残って全員で選挙管理委員の片付けを手伝え。そのあと反省文の提出だ。上條、おまえもだぞ。自分から関《かか》わりがあると言ったんだからな」

「ええ、もちろんそれは構いませんが、選挙管理委員の手伝いならもともと所属している辰城くんは罰にならないのでは？」

眉《まゆ》をひそめた林が反応するよりも前に、鬼吉が口を開いた。

「ていうか、辰城ちゃん女子に手出してんのに停学にならないんすかー？　普通に暴行ですよね？」

鬼吉の口調はいつものようにチャラチャラしているが、目は真剣そのもの。

まっとうな正論だ。

林は鬼吉をやっかいそうに睨んだあと、辰城のほうへ振り返った。

「辰城、おまえ手、出したか？」

「いいえ」

とぼけ顔で答える辰城。

「中津川、おまえ、辰城に少しでも触れ、ら、れ、た、か？」

「い、いえ……」

「なら、おまえたちの早とちりなんじゃないのか？」

こいつ……。

なるほど、その方向でいくって魂胆か。

優秀な弁護士にでもなったつもりでいるらしい。

「へいへい先生！　だとしても辰城ちゃんが七っちに殴りかかったのは見たよね？　俺が止めなきゃ七っちは確実に殴られてた。あれを早とちりというには無理があるっしょ」

鬼吉が食い下がる。

「それは下野が先に辰城の腕をつかんだからじゃないのか？　どうなんだ、辰城」

「そうですね、彼が急に俺の腕をつかんできたんで気が動転してつい体が動いてしまいました」

「な？　田所だって辰城に手を出している。辰城を停学にしろというなら、喧嘩《けんか》両成敗でおまえたちも同じ処分になるんだぞ。先生はおまえたちのことを思って情状酌量《じょうじょうしゃくりょう》の余地を残してやってるんだ。それともなにか？　おまえたちも停学になっていいのか？」

「俺は構わないっすよ」

よく言った鬼吉。

「俺も構いません」

林は俺と鬼吉の顔を見て深くため息をつきながら頭をかかえた。

「バカなことを言うな。たかがこんなことで」

「たかが……こんなこと？」

課長が目を細め前に出ようとする。俺はとっさにその肩を押さえた。

課長の肩が怒りで震えている。

だが、空気を読めないのか林は低い声で続ける。

「こんなこと、だろう。ケガ人も出ていないのにわざわざ大ごとにする必要があるか？　上條、前にも言っただろ、先生たちにもいろいろあるんだ。ことを荒立てるなよ。だいたい中津川にも原因があるんじゃないか？」

「え、わたし？」

急に名前が上がったことに驚いたのか、奈央がビクリと体を弾《はず》ませた。

林はそんな奈央を咎《とが》めるような目で見る。

「そうだ。普段からシャツをはだけさせて、男を勘違いさせるような言動ばかりしているからこんなことが起こるんだ。男なんて誘惑しとけばなんとかなるとでも思ってるんじゃないか？　選挙の日だけ身だしなみを整えればいいってもんじゃないぞ。生徒会長に立候補するのは構わないが、まずは自分の生活態度を改めろ」

「……あなたねっ‼」

課長が歯をギリリと鳴らし今にも飛び出しそうな勢いで体をのり出した。

「課長！　落ち着いてください！」

俺は課長の前に立ち、制止する。

「どいて下野くん。あなたはこれでも穏便に済ませろと言うの？　無理よ、私が黙っていられるような女だと思う？　この子が！　奈央ちゃんがどんな努力してきたと思ってるの！」

「わかってます。課長の気持ちはわかってます」

「わかってるなら、どきなさい！」

「どきません。俺を誰だと思ってるんですか。あなたの部下の下野七哉ですよ。課長の出る幕じゃないってことです。大丈夫、俺に任せてください」

「下野くん……」

俺は振り返り、林をまっすぐ見ながら課長に言った。
「男には一発やらなきゃいけないときがあるんです」
そして、ゆっくりと林のもとへ向かった。
「なんだ、下野。文句があるのか」
課長は言っていた。悪いことをした子供を叱《しか》るのが大人だと。
課長は本当にすごい。
常に先のことを見据えて物ごとを考えている。
「怒る」じゃなくて「叱る」と課長は言ったのだ。
心の底から上條透花を尊敬する。
なぜなら俺には「叱る」なんてできないからだ。
俺はまっすぐに林の目を見る。
そして深呼吸をし、気持ちを整えてから、堂々と言った。

「今から辰城と林先生をぶっ飛ばします」

「ちょっ……下野くん⁉　なに言っているの！」
「透花さんは黙っててください！」

「は、はい！」

叱る？　無理さ。Ｙｕｉｔｏ《ユイト》先生が言ってたろ？　感情的になってみろって。その言葉どおりに従うなら俺はこいつらを叱ることなんてできない。

だって俺は、奈央を……親友を傷付けたこいつらに――キレているんだからな！

「下野、おまえは教師に向かってなにを言ってるのかわかってるのか」

「ああ、わかってるさ。なんでも暴力で解決すりゃあいいっていう思考の浅はかさもわかってるし、あんたが辰城の親にビビってこいつを強く責められない大人の事情もわかってる。そうだよな、大人ってのは背負うもんがあって綺麗ごとだけじゃ生きられない。特にあんたみたいなまだ若くて立場の弱い人間ならなおさらだ。立場の強い人間の圧力には勝てない。痛いほどわかるよ。だけど、それをわかった上でも俺は奈央を傷付けた辰城とあんたを許さない。教師を殴って退学になっても関係ないね。心置きなく全身全霊で思いっきりぶっ飛ばしてやるよ！　あんたみたいに間違った大人に、わからせてやるよ！　ああ、もちろん俺も間違ってるさ！　こんな子供みたいな方法しか思い浮かばない俺は大間違いさ！　でも、俺は間違ってても気にしないね！　安心して間違ってやるね！　なぜなら俺には――こんな子供の俺を……間違った俺を！　叱ってくれる世界で一番尊敬してる上司がいるからな!!」

林の表情が固まる。なにかを言おうとして、それを飲み込むように林は下を向く。

そんな林の代わりに辰城が俺の胸《むな》ぐらをつかみ叫んだ。

「テメー誰を殴るだって？　ああ⁉　関係のねー野郎がえらそうに知ったような口叩《くちたた》きやがって！　おら、やれるもんならやってみろよ‼」

「うるせー！　このクソガキが‼」

「がぁはっ！」

殴ってやった。本当に本気で殴ってやった。

辰城が尻もちをつき赤くなったほほに手を当てる。

「どうした？　俺が本気じゃないとでも思ったか？　ただのハッタリだとでも思ったか！殴らないとでも思ったか！」

「テメー……！」

「それとも、なにか、いつものように誰かが守ってくれると思ったか？　どうだ、初めて守られないで受けた痛みは。どうだ？　痛いだろ！」

「……っ」

つばを飲んで言葉に詰まっている辰城に俺は問いかける。

「なあ、おまえさ、奈央の気持ち考えてみたのかよ。奈央はさ、すげー悩んでたんだよ。告白してきたおまえと正面から向き合うためにちゃんと考えて答え出したんだよ」

そうだ。

あいつは真剣に考えていた。

じゃなきゃ俺にあんな真面目《まじめ》な顔して相談してこないだろ。

辰城に告白されて、自分はどうすればいいのか。

相手を傷付けないだろうか。

必死になって考えたに違いない。

「なんで奈央がそんな真剣に考えたわかるか？」

「……」

俺は大バカヤロウの辰城から目をそらさない。

そんな簡単な答えもこいつはわからないのか。

だったら教えてやるよ。

思いっきり辰城を睨んで俺は言ってやる。

「おまえが真剣だったからじゃねーのか!!」

なあ、辰城。おまえは間違ってるよ。小学生みたいに好きなやつにちょっかい出して、振られたら悔しくて逆恨みして。そんな間違いしちまうくらい奈央が本当に好きだったんじゃないのか？　そうだろ辰城。

だっておまえはさ、ちょっとした変化で未来が動いちまう、こんな不安定な歴史の中でも。どんな影響も受けず、はねのけて。おまえはまた奈央に告白したじゃねーか！

歴史が繰り返しても、それだけは変わらなかったじゃねーか！

そんだけ真剣に奈央を好きだってことじゃねーのか！

「確かに失敗したら恥ずかしいよな。失敗したら惨めだよな。失敗したらつらいよな。だけど、失敗してもおまえが真剣に奈央に想《おも》いを伝えたことだけは奈央の心の中にちゃんと残ってんだよ！　失敗しても残るんだよ！　それが青春ってやつだろ!!　それが恋ってやつだろうが!!」

俺は顔を真《ま》っ赤《か》にして叫んだ。

辰城はくちびるを噛《か》み、なにも言わずに下を向いていた。

ざまーみろ、そこでしっかり反省してろ。

さて、それじゃあもう一人殴らなきゃいけないやつがいる。

「先生は大人なんで自分がなぜ殴られるのかわかってますよね」

わかってる。あんたはわかってるはずさ。

林は俺を強いまなざしで睨む。そして諦めたようにまぶたを閉じた。

俺はゆっくりと拳《こぶし》を上げる。俺だって覚悟はできてるさ。

そして、林の顔面に向かって思いっきり振り下ろした。

が、拳の先が林の顔に触れる寸前で、誰かが俺の腕をつかみ、それを止めた。

俺は振り返る。

「やめとけ、そいつを殴ったら本当に退学になる」

辰城が俺にそう言い、俺の腕をそっと離した。

俺は少し呆気《あっけ》にとられ、固まってしまった。

そんな俺の気も知らずか辰城は俺から視線を外し、

「ったく、イッテーな」

ブツブツ言いながら奈央の前までゆっくり歩く。

そして、奈央に向かって深く頭を下げた。

「悪かった、許してくれ」

部屋の中はとても静かだった。全員がその様子を見守っていた。

奈央は少し驚いた様子を見せたが、すぐにいつものように元気よく笑った。

「うん！」

彼の思いが彼女に伝わったのだろうか。それとも、彼女の思いが彼に伝わったのだろうか。

辰城はそのまま誰の顔も見ずに出口へと向かう。

扉に手をかけたところで首だけでこちらを振り返る。

「先生、さっき俺がそいつに殴られたのは喧嘩してたからだ。喧嘩両成敗で俺も停学にするならうちの親父が黙ってねーから不問にしろよ」

最後にそれだけ言い残し、辰城は部屋をあとにした。

少し間があり、林が深いため息をついた。

「まったく……どいつもこいつも。もういい、他の先生には俺から上手く話しとくから、おまえらももう行け。片付けの手伝いも反省文もしなくていい」

林は手で追い払うようなジェスチャーをして俺たちに言う。

「ちょっと、あなたはまだ……」

「はいはい、透花お許しが出たんだから帰りましょーねー。奈央も行くぞヒュイゴー！」

「はーい！　ヒュイゴー！」

「ちょっと、鬼吉くん！」

鬼吉が課長と奈央の背中を押しながら部屋を出る。さりげないボディタッチめちゃくちゃ上手いなあいつ。

俺も辰城のせいで殴る気が失せてしまったし、さっさと教室に戻るか。

そう思い、扉に手をかけたところで、林から声がかかった。

「下野……おまえ本当に俺を殴る気だったのか？」

「はい。でも、奈央が辰城を許したんで、もういいです」

「……あとで中津川に謝っておいてくれ。教師として、いや……大人としてあるまじき言動だった」

林の声はいつもと違い、とても柔らかだった。

「先生、それは本人に直接言わなきゃダメですよ」

「そうか……はは、そうだよな。ああ、そうするよ」

「はい」

「……おまえも上條も、まるで俺より年上みたいだ」

「そんなことありませんよ。先生は立派な大人です。奈央に演説させてくれて、ありがとうございました」

俺の言葉を聞いて、林はニッコリと微笑《ほほえ》み、軽く手を上げた。まるで張り詰めていたものから解放されたかのような力の抜けたその様子に、彼の素顔を見た気がした。

その笑顔を見て俺は部屋を出る。

頑張れよ、若人《わこうど》。

なんて先輩面《せんぱいづら》している若造の俺が、このあと怖ーい上司にこっぴどく叱られたことは言うまでもない。

――エピローグ

Why is my strict boss melted by me?

翌朝。

昇降口前に設置された掲示板に昨日の投票結果が張り出されていた。惜しくも奈央《なお》はわずか数票の差で、当選を逃してしまっていた。奈央に問題があったわけじゃない。恐らく推薦スピーチを課長がしていれば、この差は埋められていただろう。

同じ内容でも読む人によって結果が変わる。

説得力……という課長の言葉が今になって俺《おれ》の心に響いた。

俺はまだまだ半人前ということらしい。

「おーっす七哉《ななや》ー！」

「奈央、おはよう」

「なんだ朝から元気ないなー！　おっぱい揉《も》んどくか？」

「揉まねーよ！　いや、ほら投票結果」

「うわ！　すげー二位じゃんわたし！」

「うん、いやそうなんだけど、二位じゃダメなのよ。落選してるのよ」

「二位じゃダメなんですか！」

「だからまんまそう言ったろ今！　なに聞いてたんだおまえは！」

本当こいつは……調子くるうぜ。

「別にいいよ、七哉とカチョーが頑張ってくれたから、わたしはそれだけで十分」

屈託《くったく》のない笑顔で俺に言う奈央。まったく。

頑張ったのはおまえだろ。

「ごくろうさん」

俺はそう言って奈央の頭をくしゃくしゃと撫《な》でてやる。

「えへへー」

掲示板の前でそんなことをしていると、ぞくぞくと登校してくる生徒の中に見たくない顔のやつが現れた。

辰城《たつき》が一度こちらを見て、すぐに目をそらす。

「おはよう！　辰城！」

奈央が大きな声で辰城に手を振った。

辰城は再度こちらに視線を向け、少し顔を赤らめながら、

「お、おう」

と、片手を上げた。

よかったじゃねーか、辰城。これからしっかり、やり直して、奈央にもう一度アタックしろよ——とか言うとでも思ったか、この腐れ外道お坊ちゃまチャラクソ男が！　なーに一件落着みてーな顔してやがるんだよ！　冷静に考えて女の子をステージから落とそうとするなんて鬼畜の発想だからな！　奈央が許しても俺が許さん！　テメーみたいなチャラチャラした男に、俺の幼馴染《おさななじ》みは死んでもやらんからな！　タイムリープでもして出直してこいバカヤロウ!!

俺は一人で辰城に威嚇《いかく》した表情を見せていたが、やつは俺のことなど視界にすら入っていないのか、そのまま下駄箱《げたばこ》へと姿を消した。

ふん、誰《だれ》がなんと言おうと、おまえの青春ラブストーリーは俺が始めさせないからな。

「どうしたの七哉、怖い顔しちゃって。朝勃《あさだ》ちしてんのかー？」

「まずおまえは朝勃ちの意味を勘違いしている！」

「やだ、すっごい興奮してる……」

「意味ありげなトーンをやめろ！　興奮はしている！　おまえのバカさ加減にな！」

「いやん、わたしに興奮してるなんて、七哉のえっち」

「ふーん、誰が誰にエッチな興奮してるんだって？　教えてくれるかしら、七哉くん」

鬼がいた。

鬼の神。鬼神が鬼の里から降りてきた。

「カチョー！　七哉がーわたしのおっぱい見て朝勃ちして、ここに挟みたい挟みたいって興奮してるのー。助けてー！」

「よし、俺は今からオマエを殺して、そして俺も死ぬ。なぜならどちらにしろ鬼神に殺されるからだ」

課長の目が赤く光っている。怖い。コワイコワイ。

するとその赤い目が俺の脇《わき》を抜けて別の場所に焦点を当てた。

「落選しちゃったのね……残念」

「でもカチョー、わたし二位だよ！」

「奈央ちゃん……二位じゃダメなのよ。当選しなきゃ生徒会長にはなれないの」

「二位じゃダメなんですか！」

「それをそのまま今言ったじゃない！　あなたはなにを聞いてたの⁉」

「あははー！　七哉と同じこと言ってるー。カチョーと七哉は似たもの同士だな」

「な、な、なに言っているの奈央ちゃん。私と七哉くんが結婚して仲睦《なかむつ》まじく新婚生活をすごしていたと思ったら徐々に衝突が増えてきて一時は離婚なんてワードも出てきたもののそんな困難も二人でのり越え熟年夫婦となり周りからなんだか二人似てきたねなんて言われるような感じとでも言いたいってこと？　バカなこと言うんじゃないわよ」

「はーい、ごめんなさーい」

　ごめんなさいじゃないんだよ、ちゃんとツッコめよ！　ツッコミ下手《べた》か！　怒濤《どとう》のボケだったじゃねーか！

　あ、でもいつしか俺も会社で課長に同じようなボケされて、ツッコまずに条件反射ですみませんなんて謝っていたことがあったな。ああ、今思えばあれもボケだったのか。それがわかるようになっただなんて、だいぶ俺も成長したじゃないか。課長と親しくなってきた証拠だ。

「ほら二人とも、もう行かなきゃ遅刻になっちゃうわよ」

「あ、そうだね！　またねカチョー！」

「奈央ちゃん、その前にちょっとこっち来なさい」

「うん？」

　不思議そうに奈央がトテトテと課長の前へ移動する。

　その奈央を課長がおもむろに抱きしめた。

「よく頑張ったわね。お疲れ様、奈央ちゃん」

「ちょ、ちょっとカチョー、恥ずかしいよー」

　そう言いつつ奈央は課長の胸に顔をうずめる。

「はい、じゃあ今度こそ本当にもう行ってきなさい」

「はーい、カチョーありがとう！　大好き！」

　奈央は照れくさそうに下駄箱へと向かった。

「なにやってるの、七哉くんも早く行きなさい。遅刻は厳禁よ」

「課長もですよ」

「学校で課長って言うな！」

ほほをふくらませる課長。かわいいなまったく。

「それじゃ、課長もお疲れ様でした」

俺は手を上げて下駄箱へ足を向ける。

「七哉くん！」

「はい？」

急な呼びかけに俺は足を止め、課長の顔を覗《のぞ》き込んだ。

真剣な表情だ。いったいなんだろう。

「スピーチ、頑張ったわね」

「ありがとうございます」

「四〇点ってとこね」

「辛口！」

「抑揚《よくよう》の付け方がイマイチだったわ。一番訴えたい部分のパートが淡々としてて弱い。あと間の取り方もダメね。リズムが悪かったわ。あれだと興味ない人だったら眠くなっちゃうわよ。興味ない人にどれほど興味を持たせるかがプレゼンのキモなのよ。あと表情。常に真剣な顔してちゃダメよ。随所で笑顔を見せて、内容に緩急を付けないと。一本のストーリーをしっかり描きながらスピーチしなさい。まあ、七哉くんの割には堂々としていたからそれは加点しておいたわ」

「怒濤のダメ出し！　加点入れて四〇点⁉」

真剣な表情でなに言いだすかと思ったら、本当に真剣なこと言われたよ！

くそ、聞こえないふりして教室行っとけばよかった。

「それじゃ、一週間のうちに改善点をまとめておいてね。別に提出する必要はないわ。自分で次に活《い》かせるようにファイリングしとけばいいから」

「ここは会社じゃないのよ！　気楽に高校生活したいよ！」

「なに言っているの、あと七年もすれば社会人なのよ。うちの会社面接厳しいんだから。七哉くんギリギリで入社できたのよ？　内定決まってた子が一人辞退したから定員数確保するため繰り上げで採用になったの。人事部の斉藤《さいとう》課長から聞いた話だから間違いない情報よ」

「衝撃の事実をなぜここで！　そして斉藤課長ってガチじゃないですか！　情報の確度をわざわざ高めなくていいんですよ！」

「しっかり、七年後にはまたジーオータム商事に勤められるようにね。未来は変わるんだから油断しないでよ」

「えー、俺の進路、今回の人生でももう決定なんですかー」

「当たり前じゃない。じゃないとまた七哉くんと同じ会社で働けないでしょ」

「ま、まあ、そうですね」

「じゃあ、ちゃんとスピーチのなにが悪かったか考えるのよ」

課長はいつもの説教モードで腕を組み、そのまま二年生の下駄箱のほうへ姿を消していった。

こっわ。言いたいことだけ言って消えてったよ。やっぱ課長は課長だな。

朝からゲンナリしながら俺も下駄箱に向かい、革靴を脱いだ。

「あれ……なんか今日の課長ちょっと違和感が」

その正体をつかむまで、俺は半日もかかったのだった。

◆

「へイへーイ七っち、いつも学食ばっか行ってないで今日こそ教室で鬼ちゃんと一緒に昼飯食べようぜー。ほら、七っちのためにお弁当二つ、つくってきたんだぜヒュイゴー！」

鬼吉《おにきち》が四時限目終了のチャイムと同時に俺の席へと来て言った。

「いや、気持ちは嬉《うれ》しいけど俺の分まで弁当つくってこられると若干《じゃっかん》の恐怖を感じるよ」

「だって、こうでもしないと七っちすぐに学食行っちゃうだろ？」

「逆になんでそうまでして俺と昼飯食いたいんだよ！　てか、おまえも一緒に学食来ればいいだろ」

「俺、高校卒業したら上京しようと思ってるから節約してるんだ」

「理由が高潔すぎて返す言葉がない！　だったら俺の分の弁当なんかつくらないでくれよ！

申し訳ないよ！」

「こうすると断りにくいだろう？」

さすが、ナンバー1ホスト。心理掌握《しょうあく》が本当に上手《うま》いことで。

まあ、別にいいか。俺は俺でかたくなに拒否する理由なんてないわけだし。

本当は学食のさぬきうどんが癒《い》やしすぎて毎日の楽しみにしてたんだが、たまにはいいだろう。

と、鬼吉に承諾のサインを出す一歩手前だった。

台風の目がもう一つ出現した。

「七哉くーん！　ランチ行きましょう！」

教室の扉をガラガラと開いて超絶美人が顔を覗かせた。

「上條《かみじょう》先輩だ」「うわ、かわいいー」「え、下野《しもの》知り合いなの？」

一気にクラスメートが騒ぎ始める。

あの人は自分が目立つってことをもう少し自覚してほしい。

「残念だね透花《とうか》、俺が七っちを先に予約済みだぜヒイェア！」

鬼吉が無駄に課長を挑発するもんだから、意地になったのかダッシュで俺たちのもとへと教室の机をかき分けてやってくる。その手にはナフキンに包まれた二つの箱が。いやな予感。

「ちょっと鬼吉くんどういうこと。七哉くんは私と屋上でランチをするのよ。ほら、お弁当もつくってきたんだから」

なんでこの人は初めから決まっていた予定のような言いぶりなのだろう。俺、初耳なんだけどな。

「ちっちっち、透花。俺が七っちのためにつくってきたこのお弁当を見てもそんなこと言ってられるかな」

んで、こいつはなんで張り合ってるんだよ。え、なに？　俺のこと好きなの？　だとしたら話変わってくるぞ。

「自信ありげね鬼吉くん。じゃあここで見せ合いっこして、七哉くんに直接決めてもらいましょう」

「オーライ、その勝負のった！　ヒュイゴー！」

やだよー、俺にとってなんの得もない審査なんてしたくないよー。やっぱり学食行ってさぬきうどん食いたいよー。

こういうときに奈央がいてくれれば話をうやむやにできて助かるのだが、あいつはいつも中庭で昼食を取るのでこの時間は教室にいない。

くそー俺一人には荷が重いよー。

「まずは私のお弁当よ。じゃーん！」

じゃーんとか言ってる課長見たくないよー。でもかわいいよー。

「ウェイウェイ、これはなかなかじゃねーか透花」

課長のお弁当はシンプルなザ・お弁当。

一段目は白米。のっている海苔がいい感じに湿っている。

二段目はおかずだ。からあげに玉子焼き、タコさんウィンナーにブロッコリーとミニトマト。端のほうには煮物も入っている。

なんの変哲《へんてつ》もない弁当だが、これがどうして食欲をそそる。一言で表現するなら、素晴らしい。これぞお弁当だ。

「さあ、次はあなたよ、鬼吉くん」

「それじゃあ鬼ちゃんのお弁当の時間でーす！　行ってみましょー！　ヒュイ！」

鬼吉が蓋《ふた》を開いた。ヒュイにゴーを付ける絶好のタイミングじゃないのか？　やはり基準がイマイチわからない。

鬼吉の開いた弁当箱の中は、炒《いた》めたもやしが敷き詰められていた。

ちょっと茶色いので醤油で味付けしてあるのだろう。

「勝者、上條透花」

「七っち!?」

「七っち!?　じゃねーよ！　おまえよくこれで自信満々だったたな！　お弁当じゃなくて、ただのタッパに入ったもやしだよ！　逆に上京のためにここまで節約していることに感心しているよ！　頑張れよ鬼吉、応援してる！」

「ヘイへーイ！　サンキューでーす！」

頑張れと言われ喜ぶ鬼吉。こっちもこっちでかわいいな。

「じゃあ鬼吉くん、遠慮なく七哉くん連れていくわね」

「ふっ、しかたねー！　男と男の約束だ！　持ってけドロボー!!」

「男でもないし泥棒でもないわよ！」

課長は鬼吉にツッコみながら俺の手を引いた。

「行くわよ七哉くん！」

教室を駆け足で駆け抜ける。

なにこの青春ドラマ。

悪くない。

◆

空は青く、屋上は降《ふ》り注《そそ》ぐ太陽の光で絶好のオープンテラスと化していた。気持ちがいい。

俺は柵《さく》を背中に座り、課長のつくったお弁当をつまむ。

うん、想像どおり美味《おい》しい。特に煮物がいい。味がしっかりと染《し》み込《こ》んでいる。さすが課長だ。

「七哉くん美味しい？」

「はい、最高です」

「よかった」

さすがに俺も朝からの違和感に気付いている。

課長が常時、俺のことを七哉と呼んでいる。

理由？　それがわかったら俺は童貞をしていないよ。

女心なんてわからん。もう、いい加減諦《あきら》めた。

「ところで」

課長が神妙な趣《おもむき》で俺に顔を向けた。綺麗《きれい》だ。

「なんでしょう」

「昨日、私のこと透花って呼んだわよね？」

「そうでしたか？　覚えていません」

「へー、シラを切る気なんだ」

「覚えていないんだから、しかたないじゃないですか」

「じゃあ、カフェで呼んだことも？」

「え⁉」

な、なに⁉

「あ、それは覚えてるのね」

「い、いや、なんのことでしょう」

「ダメよ。そんなリアクションしといて、今さら覚えてないは通用しないわ」

まじかー。なに？　起きてたってこと？　うわーなんか恥ずかしくなってきたぞ。

「すみませんでした」

「なんで謝るのよ」

「怒ってるんじゃないんですか？　上司相手に馴《な》れ馴《な》れしいって」

「逆よ！　いつも言ってるでしょ学校で課長言うなって！　いい加減いつまでも上司部下の関係引きずらないでよ」

「いや、だって上司だし」

「普通に高校の先輩と思えないの？　もう高校生に戻ってから一ヶ月近く経《た》つのよ」

んー、と少しだけ考えてみる。

「無理ですね」

「返事が早いわね」

「すみません」

「せめて透花先輩は？」

「なんで下の名前にこだわるんですか。ってイテッ」

肩パンされた。なぜ。

「じゃあ上條先輩でいいわよ」

「それも無理ですね」

「なんでよ！　最初は上條先輩って呼んでたじゃないの！」

「だって、あのときはまだ課長じゃないと思ったから」

「今も課長じゃないわよ！　高校生じゃない！」

「まあ、そうですけど」

「もう、いいわ……はあ」

落ち込んじゃった。

課長が俺のことをからかっているわけでないことは、さすがにもう俺もわかっている。

そりゃ俺だって本当は透花さんて気兼ねなく呼びたいよ。

でもさ……。

恥ずかしいじゃん！

今さら課長のこと透花さんとか彼氏づらみたいで恥ずかしいじゃん！

しかも本人から言われて変えるなんてなおさら恥ずかしいじゃん！

みんなどのタイミングでどうやって呼び方って変えるの？　難しすぎない？

あれ、恋愛メンタリストＹｕｉｔｏ《ユイト》の動画で、好きな人を自然に下の名前呼びに変える方法とかなかったっけ？　くそぅ、思い出せない。週末にでも駅前のカフェ行って、この時代のＹｕｉｔｏ先生探してみるか。直接聞けるなら話が早い。まさか地元が一緒だなんて奇跡だ。

よし、絶対そうしよう。週末の予定決まり。

「あ……そういえば、課長が言ってた、生徒会以外の青春がしたいって、どういう意味ですか？」

カフェのワードから喫茶店《きっさてん》でのやりとりを思い出し、途中でうやむやになっていたことを改めて聞いてみた。

結局、生徒会長は別の人になり歴史が変わったわけだが。

この新しい歴史の中で、課長はどんな青春を送りたいのだろうか。

「べ、別にあなたには関係ないでしょ」

「そうですけど、せっかくだし聞きたいなって」

「なんでよ」

「いや課長のことはいろいろ知りたいし」

「……あなたって、そういうの天然でやってるの？」

「え、なにがですか？　怖い」

「怖いのはこっちよ」

「結局教えてくれないんですか？」

「そ、そんなに知りたいの？」

課長の声色《こわいろ》が少し変わったように思えた。

なにかパンドラの箱を開けてしまった気分になるものの、俺は返事をした。

「はい」

課長が少し戸惑《とまど》った様子を見せ、なにかを決意したように俺を見つめた。

「それはね……」

屋上に爽《さわ》やかな風が吹き抜けた。

俺の手に、心地よいほのかな体温がのる。

「か、課長……？」

課長の右手が俺の左手に重なり、繊細な指の感触がすり抜ける。

「私のしたい青春は……七哉くんと」

課長の体が覆《おお》い被《かぶ》さるような体勢で俺に傾《かたむ》き始める。

綺麗なまつげ。白く細やかな肌。
柔らかそうなくちびる。
甘い香りが誘惑するように俺の肺を浸食する。
必死にその色香から逃げるよう俺は体をのけぞらす。
それでも視線だけは釘付《くぎづ》けになってしまう。
綺麗な彼女に。
「お、俺と……？」
俺が唾《つば》を飲みながら聞くと、課長のほほがさくらんぼみたいな赤色に染まる。
今にもくちびるとくちびるが触れ合ってしまうじゃないかという距離。
お互いの鼓動が聞こえてくる。
そして、潤《うる》んだ瞳《ひとみ》で俺を見つめ、彼女は言った。
「私は大好きな七哉くんと二人だけの青春をやり直したいの！」

ゴンッ！
体の傾きと緊張に耐えていた俺の腹筋が限界を迎えた。
後頭部に硬い柵の冷たさを感じると共に激痛が走った。

「うっ……」

「あれ？　七哉くん!?　ねえ、大丈夫!?」

俺はそのまま意識を失うのであった。

◆

「いてて……あれ、ここは？」

気付くと保健室のベッドだった。

確か屋上の柵に頭を打って……気絶したのか？

「あ、起きた」

ベッドの横でパイプ椅子《いす》に座っていた課長がこちらを見て言う。

「課長……」

「もう大丈夫なの？　頭痛くない？」

「はい」

「ならよかった」

「心配かけてすみません」

ニコリと笑う課長に俺は頭を下げた。そしてボーッと彼女を見る。

「な、なに見てるの？」

「んー、制服を着てるってことはタイムリープ後の課長ですよね」

「当たり前でしょ、またバカなこと言って。頭打ったくらいで元の時代戻れたら、あの神社はとことん適当よ」

「いや、そもそも全部夢だったんじゃないかなーって、なんか頭フワフワするし」

「ちょっと大丈夫？　記憶喪失とかなってない？」

課長が心配そうに顔を覗く。

「大丈夫ですよ。ちゃんと頭打つ前までのこと覚えてますから」

「そ、そう」

課長は顔を赤らめて視線をそらす。なにを恥ずかしがってるんだろうか。その割にこちらをチラチラと見ている。

「どうしたんですか課長モジモジして。なにかありました？」

「……え？」

「ん？」

「お、覚えてるんだよね？」

「ええ、まあ。屋上でお弁当食べてて」

それで……なんだっけ。えっと……。

「あれ、なんで俺、頭なんか打ったんでしたっけ」

「……」

「おかしいな。課長のつくってくれたお弁当を食べてたとこまでは覚えてるんだけど……課長、なんででしたっけ？」

「知らない！」

「え⁉ なんで怒ってるんですか⁉ また俺なにかやっちゃいました⁉」

「うー、バカバカバカバカ！ 知らない知らない知らない！」

「お願いします課長教えてください！ まさか俺また課長に失礼なことしたんじゃ！」

「自分で考えなさい！ いつまでも上司に頼りっきりじゃ成長しないわよ！」

「そんな～！ そんなこと言わないでくださいよ課長～！」

「ふん、知らない！ このバカ七哉くん！」

べーっと舌を見せる俺の上司。

怒っているのか、なにかに恥ずかしがっているのか。

そんな彼女がふいに俺の頭へと柔らかな手をのせ、優しく撫でた。

「か、課長？」

「この前のお返し」

「は、はあ」

その手はとても温かくて。
とても安心して。
そして、
「次からは気をつけるんだぞ、七哉くん」
優しく笑う彼女は、とても綺麗だった。
はたして、目の前にいる俺の片思い相手は、今なにを思うのだろうか。
厳しい女上司が俺にデレデレする理由は、いまだわからない。

あとがき

本編をお読みいただき、ありがとうございます。徳山銀次郎《とくやまぎんじろう》です。

人生をやり直したい。多くの方が一度は考えたことのある願いではないでしょうか。

もちろん、今この瞬間が文句の付けようもないくらいに充実していて満足だと言い切れることが理想ではありますが、なかなか人間とは弱いもので、ついうしろを振り返ってしまいますよね。

僕は一日に軽く二〇回は振り返りますね。なんなら五分前に買ったブラックコーヒーを飲みながら、『あーカフェオレにしておけばよかったー、今からコンビニまでタイムリープできないかなー』なんて思い、このあらすじを書いているところであります。

しかし、まあ、神様はそんな甘くなく、この苦いコーヒーが甘くなることもないのです。

ということで、この作品の神様である作者の僕は、下野《しもの》くんと透花《とうか》さんに甘くない試練《しれん》を与えたのです。そう簡単に過去に戻って甘々なラブコメできると思ったら大間違いだぞ！

なんて得意げに笑いながら書き上げたら、終わる頃《ころ》には彼らは甘々なラブコメをしていました。

ムカついたので、もし続きが書けるならば殊更《ことさら》に糖分過多な甘々ラブコメにしてやろうかと思っています。作者がスイーツ好きの甘党でよかったな下野くん。

そんな下野くんと透花さんのラブコメを素敵に彩《いろど》り、まさに想像を具現化してくださったイラスト担当のよむ先生。初めてよむ先生の描いてくださった上條《かみじょう》透花を見たときは、まるで下野くんのように「か、課長～」とウットリしてしまいました。さすが……大人気イラストレーターよむ先生！　これがタイツの伝道師……よむ先生！

数々の素敵なイラスト、本当にありがとうございます。

また、たくさんの担当作を持ち、とても忙しい中、企画の段階からご尽力いただいた担当様。本作を刊行するにあたって多くのお力添えをいただいた皆様。心より感謝申し上げます。

そして、いまこのあとがきを読んでいただいている読者の皆様。

皆様がいてこその作品であります。

僕はデビューする前、ずっとラブコメを書いていました。ラブコメが好きでライトノベルを読み始め、ラブコメが好きでライトノベルを書き始めました。

その、ラブコメをたくさんの方に読んでいただくという、僕の夢を叶《かな》えてくださった読者の皆様。本当にありがとうございます。とても幸せです。

なので今の人生、タイムリープはしなくてもいいかな。

今後とも、どうぞよろしくお願いいたします。

徳山銀次郎

ファンレター、作品の
ご感想をお待ちしています

〈あて先〉

〒106－0032
東京都港区六本木2－4－5
ＳＢクリエイティブ(株)
GA文庫編集部 気付

「徳山銀次郎先生」係
「よむ先生」係

本書に関するご意見・ご感想は
右の QR コードよりお寄せください。

※アクセスに発生する通信費等はご負担ください。

https://ga.sbcr.jp/

厳しい女上司が高校生に戻ったら俺にデレデレする理由
～両片思いのやり直し高校生生活～

発　行　2020年10月31日　初版第一刷発行
　　　　2020年11月1日　第二刷発行
著　者　徳山銀次郎
発行人　小川 淳
発行所　SBクリエイティブ株式会社
〒106－0032
東京都港区六本木2－4－5
電話　03－5549－1201
　　　03－5549－1167（編集）
装　丁　杉山 絵
印刷・製本　中央精版印刷株式会社

ISBN978-4-8156-0749-4
Printed in Japan　GA文庫